この世界で僕だけが透明の色を知っている

糸鳥 四季乃 Itou Shikino

アルファポリス文庫

JN063142

https://www.alphapolis.co.jp/

第一章　光の彼女

ただひたすら、スケッチブックに鉛筆を走らせていた。

「れーん」

窓の外を見て、手元を見て、また窓の外を見る。忙《せわ》しなく視線を移動させ、真っ白だったページに対象物を写し取る。黒い線を駆使し、アスファルトを踏むほっそりとした脚を、口元に運ばれる白い手を、隣を歩く友人に笑いかける瞳を、風に揺れる真っすぐな髪を、表現する。街路樹が時々邪魔をするのにももう慣れた。どこまで描ける。間に合うか。

「れーん。起きなさーい」

やがて道路脇に植えられた、満開のソメイヨシノに吸いこまれるようにして、僕の視界から彼女は姿を消した。同時に手を止め、スケッチブックを見下ろす。また今朝も、彼女になりそこなった絵を一枚増やしてしまった。

もう一度窓に目をやる。彼女はいなくなったが、代わりに白い小さな花びらが、ガラスの向こうに一枚貼りついていた。それをついと、指でなぞる。触れそうで、触れない。透明な板は常に僕と彼女の間に存在していた。

「れーん！　朝ご飯できたってば！」

階下から僕を呼ぶ姉の声は、どんどん大きくなっている。これ以上待たせると機嫌が急降下することがわかっているので、「起きてるよ」と返してスケッチブックを閉じた。

小さな出窓に無理やり押しこめていた身体を脱出させる。高校に入学した途端、たけのこのようにぐんぐんと伸びた身長のせいで、ここで日課のスケッチをするのも厳しくなってきた。

西向きに位置する僕の部屋は、窓が小さいのもあり快晴の朝でも薄暗い。無造作に積み上げられたキャンバスや、床に散らばる彼女のなりそこないが描かれた画用紙。点在する鉛筆や筆や絵の具。それらを踏まないよう、つま先立ちでよたよたとドアに向かう。

「蓮《れん》！　起きろって言ってるでしょ！　また学校休む気⁉」

とうとう怒鳴り声に変わった姉に「いま行く」と返事をしながら部屋を出る。ドアを閉める前に、伸びぎみで寝ぐせだらけの頭をかきながら振り返った。

出窓から光が差し込んでいる。その透明なガラスの向こうで、ソメイヨシノが春風に吹かれ、季節はずれの雪のように白く舞っていた。

◆

銀色の自転車にまたがり、地面を蹴った。重たいペダルを漕《こ》ぐと、制服のズボンが食いこむのを感じる。

身長が伸びすぎたせいで、学ランは袖《そで》も裾《すそ》も丈が足りない。多少不格好だとは思うけれど、買い替えるほどでもないのでそのままだ。どこかが破れでもしない限りは、卒業まで着続けることになるだろう。

家の前の狭い一般道路から脇に伸びる坂を下ると、サイクリングロードに入る。札幌《さっぽろ》市白《しろ》石《いし》区と北広島《きたひろしま》市を結ぶ、長い長い自転車歩行者専用道路だ。

ソメイヨシノやエゾヤマザクラの花びらが降り注ぐ中、緩やかなスピードで自転車を走らせる。ジョギングをする人や、犬の散歩をする人、それから花見の見物客が多く、万が一にもぶつからないようとても気をつかう。サイクリングロードと呼ばれているのに自転車乗りは肩身が狭い。いや、もうサイクリングロードとは呼ばれていないんだったか。名称が変わったのはこの肩身の狭さが理由かもしれない。

彼女も今朝、ここを通ったはずだ。白い花びらを踏みながら、この先にある公立校へと向かう彼女を頭に描く。

小中高と、同じ学校に通った。学年は僕がひとつ上だけど、家が向かいにあったので小さい頃は仲が良かった。学校から帰るとお互い約束もせず芝生《しばふ》の土手を駆け下りた。サイクリングロードやその脇のベンチで遊んだ日々は、すぐ目の前の景色に投影できるほど、鮮明に記憶に残っている。

彼女の記憶からはとっくに消え失《う》せているだろうけれど、それでよかった。ひとり占めしたそれを、誰にも奪われることがないようしっかりと抱きかかえて今日まで歩いてきた。

サイクリングロードを離れ、家を出てから十分ほどで高校の駐輪場に到着する。自転車を停め生徒玄関へ向かう途中、上から楽しげな笑い声が降ってきた。

顔を上げた先にいた彼女に、伸びた前髪の間から視線を送る。上の階にある教室の窓辺で、友人たちに囲まれた彼女が笑っていた。

久しぶりに正面から彼女を見た。

黒目がちで大きな瞳が、瞬きのたびにきらりと光る。長い黒髪が風に揺れ、柔らかそうな頬を、桜色の唇を、隠しては見せることを繰り返す。彼女の周りにだけ、より鮮やかに見える特別なエフェクトがかかっているかのようだ。

いまスケッチブックが手元にないのが悔やまれる。せめて目に焼きつけて、家に帰ったら脳内写真を頼りに描こうとじっと見上げていると、突然後ろから誰かに飛びかかられた。

「おーっす、桧山《ひやま》！　今日はちゃんと来たな」

強引に肩を組まれたかと思えば、がしがしと頭皮を揉《も》むように髪を乱される。

「でもひでぇ頭だな、おい」

この無遠慮さと軽薄そうな声を持つ知り合いは、ひとりしかいない。

「伊達《だて》……おはよう」

「朝だっつーのに、辛気くせぇツラしてんじゃねぇよ！　しゃんとしろ！　背筋伸ばせ！」

バシバシ背中を叩かれて、僕はむせる。白い歯を見せニッと笑う色男に、近くにいた女子たちが黄色い声を上げた。それに気付いた伊達は、二割増しで笑顔を輝かせ彼女たちに手を振る。パーマがかかった茶色い髪が朝陽《あさひ》に照らされ金に透《す》けて見えた。

「相変わらずだな」

「なんだよ。お前もこれくらい愛想よくしねぇと、いつまで経《た》っても童貞捨てらんねぇぞ」

だとしたら、僕は一生童貞だろう。伊達のようにできる気がまるでしない。

伊達は同じ中学出身だが、話すようになったのは高校に入ってからだ。中学の頃から目立つ男で、常に人の輪の中心にいた。

父親が芸能畑出身の政治家で、テレビにもよく登場する人物だというのも多少は影響しているかもしれないが、ほとんどは伊達自身の人柄によるものだ。自信家で女好き。勉強も運動も人並み以上にできて発言力があり、周りを巻きこむのが上手い。

見た目も中身も派手なこの男と、まさか高校に入って仲良くなるとは夢にも思わなかった。しかも同じ部活の仲間になるなど、誰が想像できただろう。

「せめて髪切れよ。そのうざってぇ前髪のせいで陰キャって言われてんだぞ」

「それ言ってるの、伊達じゃないか」

「そうだよ。脱童貞したかったら俺のアドバイスをありがたく聞けっつーの」

彼女をとっかえひっかえ、時には三股だってする女好きの伊達はバカにするように言うと、真っ赤なスニーカーで僕の尻を蹴った。そうしてたたらを踏んだ僕を、横からさっと支えてくれたのは、もうひとりの友人。

「朝からなんの話をしてるんだよ、伊達は。桧山、大丈夫？」

大きな丸いメガネの下、くりくりとしたリスザルのような目で見上げてくるのは、僕や伊達のクラスメイト、二海《にかい》だ。そばかすの浮いた頬は白く丸く、伊達と比べると少し幼く見える。早口の声は高めで、それも余計に彼を幼い印象にさせていた。

「ありがとう、二海」

「二海。てめぇもだぜ。そのだっせぇメガネやめて、コンタクトにしろよ」

「えー。俺はいいよ。メガネは俺の一部っていうか、アイデンティティーみたいなものだし。それにコンタクトってちょっと怖くない？」

　穏やかで人懐っこい小動物のような二海は、見ているだけで癒《いや》される。同意を求められたので頷いて返すと、嬉しそうに「だよねぇ」と言われた。二海は人を癒すイオンみたいなものを発しているんじゃないかと、いつも思う。

「それより桧山、立ち止まって何見てたの？」

　何気ない問いかけにぎくりとする。上を向いていたところを見られていたらしい。二海が校舎に目をやって、それを追うように視線を上に向けた伊達がにやりと笑うのがわかった。

　厄介な奴に気付かれてしまった。さっさと校舎に入ろうとしたが、再び肩を組まれ逃走を阻まれる。

「ははあ、なるほど。愛《いと》しの美晴《みはる》ちゃんを見つめちゃってたわけね」

　茶化してくる伊達を、ムッと睨みつける。

「いつ僕が愛しの、なんて言ったんだよ」

「あ、ほんとだ。あそこにいるの、茅部《かやべ》さんだね。さすが剣道《けんどう》小町《こまち》。今日も眩しいくらい輝いてるなあ」

　二海はからかうわけではなく、素直な感想を述べているだけなので気にならない。

確かに僕の幼なじみ、茅部美晴は比喩《ひゆ》でなく輝きを放つ美少女だ。どれだけ大勢の中にいても決して埋もれることのない、特別な存在。

幼い頃からそうだったはずだが、僕はそれに気付いていなかった。彼女の特異性を認識したのは、思春期に入ってからだ。

「三次元の光属性って感じだよね」

「属性……？」

「天使とか女神とか、そういう意味合いだろ。二海、桧山にオタク全開なたとえ方しても通じねぇぞ」

「あ。ごめんね、つい。そうそう、先週出た専門誌にまた彼女のインタビュー載ってたの、読んだ？　もう扱いがアイドルみたいだったよ」

「読んだ読んだ。美しすぎる剣道小町だってな」

雑誌の存在を知らなかった僕は、書店に寄る予定を頭に書きこんだ。

写真が載っていれば買おう。あくまでもデッサンの資料としてだ、と自分に言い訳をする。

「彼女、芸能事務所からスカウトされたって聞いたけど、それほんと？」

二海の丸い目は真っすぐ僕に向けられている。

「さあ。僕に聞かれても」

「なあ、桧山。あんな奇跡の美少女と幼なじみって、もうそれだけで人生勝ち組じゃん？　なのにお前はなんだってそう頑《かたく》なに陰キャなわけ？」

心底不思議そうに言われても返答に困る。彼女、美晴と幼なじみだった事実を隠しこそすれ、勝ち組要素に感じたことはこれまで一度もない。当然恩恵に与《あず》かった記憶もゼロだ。むしろ男女ともに好かれ、教師からの信頼も厚く、テレビや雑誌の取材まで来る彼女と幼なじみだったことを知られると、いらぬやっかみを受けるのがほとんどだ。だから彼女との思い出は誰に聞かせることもなく、胸にしまいこんでいる。

同じ中学の伊達は元々知っていて、二海にも何かの話の流れで知られてしまったが、ふたりとも言いふらさないでいてくれるのがありがたい。

「いやいやいや。桧山は陰キャじゃないよ」

「はあ？　二海お前、そのメガネ度数合ってねんじゃねぇの？」

「桧山は陰キャっていうか、芸術家なんだよ。伸びた髪もアーティストって感じでかっこいいし。俺と違ってオタクじゃないから喋り方も落ち着いてるし。物静かでなんていうか、ミステリアスな雰囲気あるんだよね」

わかっている。二海は人をからかうようなことは言わない。純粋にそう思っているから口にするということは、わかっている。

でも僕はそういう方面のことを言及されるのが苦手だ。バカにされているわけでもないのに、絵を描いていることについては誰にも触れてほしくなかった。美術部に所属している癖に、嫌なのだ。自意識過剰みたいでわざわざ言わないが、いまも心臓の近くをカリカリと引っかかれるような気持ちになっている。

わりとあからさまに眉をひそめたつもりだったが、長い前髪のせいか二海も伊達も気付かない。

「ミステリアスゥ？　こいつのどこが？　ただの酒が飲めない酒屋の息子だろ」

「そもそも僕は未成年なんだけど」

「あとむっつりってのも足しとくか？」

「それはやめてくれ」

こういう時、伊達の無神経さがありがたいと思っていると、二海が上を向いて「剣道小町が手を振ってる！」と興奮したように言った。

「うお。まじだ」

僕と伊達も自然と上を見れば、確かに彼女が無邪気な笑顔でこちらに向かって手を振っていた。振られた手から、良い匂いのする鱗粉《りんぷん》でもこぼれ落ちていそうだ。

そんなことを考えていると、伊達にけっこうな力で脇腹を肘で突かれた。

「ほら、桧山。さっさと手ぇ振り返せよ」

「なんで僕が」

「なんでって、あれお前に振っててんだろうが」

「そんなわけないだろ」

だって僕らはもう昔のような関係ではない。幼なじみと一方的に僕が認識しているだけで、何年も会話すらしていないのだ。強《し》いて言うとしたら、先輩後輩という、ありふれた関係でしかない。

伊達が納得していないような顔で何か言いかけた時、後ろにいた新入生らしき女子たちが短い悲鳴のような声を上げた。「やばい。美晴先輩手ぇ振ってる」「先輩おはようございまーす！」とはしゃいだ様子で彼女に向かって手を振って、僕らを追い越していく。

「ほらね」

僕なわけがないのだ。伊達を押しのけ歩みを再開すると、ふたりも後をついてくる。

「なんだよ、つまんねぇ奴だな。でもまあ、そりゃそうか。俺だってあんな規格外な美少女、おいそれと近づけねえわ」

「高嶺《たかね》の花ってやつだね。俺はもっと闇《やみ》属性な子がいいかなあ」

「その属性ってのやめろ」

「伊達が言う陰キャと一緒じゃん」

なるほど、そういう意味か。ふたりのやり取りに内心納得していると、先ほどの新入生の集団の賑やかな声が聞こえてきた。その中から「昨日の夜、茅部先輩を見かけたの」と耳が彼女の名前を拾う。

「まじ？　どこで？」

「コンビニ。アイス買いに行ったら茅部先輩いて、私服も素敵だった」

「いいなあ。声かけた？」

「無理無理！　でもプリン買ってるの見ちゃった」

「プリンとか可愛い〜！　差し入れしたあい」

伊達と二海にもその会話は聞こえていたらしく、彼女たちと少し距離ができてから「ちょっと気の毒だな」と伊達が呟いた。

「確かに。目立つっていうのも大変なのかもね」

「プライベートもあったもんじゃねぇな。見られんのにうんざりしたりすんだろ？」

なぜか伊達がこちらを見て言った。

「……僕に聞いてる？」

「お前以外に誰がいんだよ。幼なじみだろ？」

「だからそれは昔の話で、いまの彼女のことは全然知らないよ」

「全然ってこたねぇだろ。小さい頃から目立ってたんだろうから、いっそ透明になりたいとか考えたりしてたんじゃね？」

「だから知らないって」

ぐいぐいくる伊達の顔を押しのける。伊達のコミュ力の高さはこの無遠慮さにあると思う。僕には鬱陶《うっとう》しいだけだが。

だいたい、伊達はこう言っているが、僕より伊達の方が彼女の気持ちを理解できるはずだ。伊達も父親の影響だったり、本人の華やかな性質だったりで、彼女までとはいかずとも僕よりは目立つ人生を送ってきているのだから。

本気で嫌がる僕を見て、二海が「透明といえば知ってる？」と話題を変えてくれた。伊達と違って気遣いに溢れている。

「透明病《とうめいびょう》の噂。聞いたことない？」

「とうめいびょう？　何かの病気か」

「いや、都市伝説。だんだん身体が透明になっていって、最後には消えちゃうんだって」

「出たよ、オカ研部長のオカルト談義」

バカにするような伊達にも二海は怯《ひる》む様子がない。オカルト研究部、通称オカ研の部長を務める友人は、この手の話になると目の輝きと早口の勢いが増す。

「透明人間の映画とか漫画とかあるじゃない。誰の目にも映らなくなって、やりたい放題できる。あれはこの透明病からきてるって言われてるんだよ」

「それを言ってるのはいったい誰なんだよ」

「それがはっきりしないから都市伝説なの！」

「つまり誰も言ってないんだろ。つーか透明人間って、存在自体消えるもんなの？」

「作品によるんじゃない？　存在が消えるっていうのはアレだけど、ロマンだよね」

うっとりする二海には悪いが、自分の身体が透けて見えなくなるなんて恐怖でしかない。

伊達もピンとこなかったようで「そうかあ？」と首を傾げた。

「女風呂のぞくとか、そんなことくらいしか思いつかねぇけど」

「うわ。そういう低俗な考え方、やめた方がいいよ。色々あるじゃない。首相官邸に忍びこんで国家の陰謀を暴《あば》くとか。石川五右衛門《いしかわごえもん》みたいな義賊《ぎぞく》になって、悪い権力者からお宝を盗み出すとか」

「壮大な話だな。でも透明になるだけで実体はあるんだろ？　難しいんじゃね？」

バカにしながらも話に乗るのは伊達の優しさなのか、コミュ力の高さがそうさせるのか。

とにかくオカルト知識を披露する二海が生き生きしているのはよくわかった。

僕はふたりのやり取りを聞きながら、先ほど見た彼女を頭の中のキャンバスに描く。遠い記憶の中で、手を振りながら土手を駆け下りてくる小さな彼女の姿と重なった。

ふわふわの綿菓子みたいな声で「蓮くん」と呼ばれた気がした。

◆

あまりの心許《こころもと》なさに、僕は身体の横にぶら下げた両手を意味もなく握ったり開いたりして時間を潰す。こんなにも落ち着かない気持ちになるのは、目の前にいる人のせいだ。

凪《な》いだ湖の水面のような目をキャンバスに向けているのは、部の顧問でこの学校の美術講師、八雲吉高《やくもよしたか》。最近メディアで取り上げられるようになった、新進気鋭の風景画家だ。

パリッと糊《のり》のきいた白いシャツにネイビーのスーツを着て、癖のある髪を後ろに撫でつけている姿は、画家というより青年実業家といった雰囲気だ。一見近寄りがたいが、僕はもう彼の穏やかで物静かな人柄を知っている。それなのにふたりきりの時間と空間をこうも居心地悪く感じるのは、彼が見ている絵のせいだ。それは僕が部活中に描いたものだった。

日当たりの悪い美術準備室。いくつものキャンバスやイーゼル、それから青白い石膏像《せっこうぞう》がところ狭しと置かれた室内は、少し僕の部屋の雰囲気と似ている。

扉ひとつ隔《へだ》てた向こうにある美術室には、もう誰もいない。部活の時間は終わり、みんな帰った後だ。伊達は今日は不参加だった。気分屋なので参加しない日の方が多い。

準備室の窓際にある八雲先生の机には、ガラスの花瓶に生けられた白い紫陽花《あじさい》が飾られている。先ほど部活中に、アナベルという品種だと先生が語っていた。

紫陽花は花びらに見える部分は実は萼《がく》と呼ばれるもので、その内側にある小さな蕾《つぼみ》のようなものが花びらだという。面白いが、僕はやはりまん丸い手鞠《てまり》みたいな部分全体を花だと認識してしまう。ボリュームのある紫陽花は、外で見ると華やかで明るい気持ちにさせてくれるが、薄暗い屋内ではひどく物悲しげに映った。

そしてその、涙をこぼすように白い萼を散らす姿が、八雲先生の持つキャンバスには描かれている。

「……桧山くんは確か、美大を希望していたね？」

絵から顔を上げ、先生が確認するように問いかけてきた。

「はい、一応……難しいですか」

「いや、上手いよ。部員の中でも桧山くんは飛び抜けて上手いと思う。試験は問題ないだろう」

上手い、という言葉は必ずしも褒め言葉にはならない。芸術で重要視されるのは、小手先の技術よりずっと深部にある気がした。上手いと言われて情けない気持ちになるのがその証拠だ。僕が欲しかったのは、もっと別の言葉だった。そしてそれを八雲先生は知っている。

「そうですか」

「でも上手いだけなら、そんな奴は世の中にごまんといる……って、言いたげな顔だね」

なかなか意地の悪いセリフだ。でも相手が八雲先生だと不思議と嫌な気持ちにならない。好き、だからだろうか。おこがましくも、はじめて会った時からなんとなく彼にシンパシーみたいなものを感じていた。

「確かに技術だけなら、学べば誰でもそれなりになれる。美大に入るのも君には難しいことじゃない。けれどその先は君にとって難関かもしれない。意味はわかる？」

「……創作の、壁にぶつかるということですか」

「美大生の多くがぶつかる壁のひとつだ。大事なのは、何を描きたいか」

北海道の山奥にある故郷ばかりを描き続ける絵描きの言葉には、重みがあった。彼はもう一度僕の絵を見て、軽く首を傾げた。

「そろそろ、外で描いてみたらどうかな」

「あまり……外で描くのは得意じゃないので」

「知ってる。でも桧山くんは外で描くべきだよ。君のセンスは戸外でこそ発揮されるんじゃないかと思うんだ」

先人の言葉は素直に受け入れた方が良い。頭ではわかっていても、納得しない僕がいる。

あなたは外の景色ばかり描いているからそう言うんだろうと、反発の声が内から聞こえてくる。

「美術部で外にスケッチに行く時も、君は頑なに拒否していたね。それはなぜ？」

「人に、見られたくないからです」

「見られたくないのは絵？　それとも描いている自分の姿？」

治りきらないかさぶたをぺりぺりと剥《は》がされるような痛みと不快感を、手を強く握りこむことで誤魔化《ごまか》す。食いこむ爪に意識を集中してやり過ごそうとした。その間に心に強固な鎧《よろい》をかぶせていく。

答えない僕に八雲先生は、聞き分けのない子どもを前にしたような顔で微笑んだ。

「桧山くんは、本当に美大に行きたいと思ってる？」

その問いにさえ答えられなくなったことで、自分を見失っていると改めて思い知らされた。

駐輪場へと歩いていた足の向きをくるりと変え、校舎の奥を目指す。胸にドロドロに劣化したオイルを流しこまれているみたいな気分だった。暗い穴へと落ちていく意識をどうにかしたい。そして唯一浮上する方法を僕は知っていた。

グラウンドに向かうと、体育館に繋がる昇降口の扉が大きく開け放たれている。そっと中をうかがうと、白い剣道着を着た部員たちがふたり一組で竹刀《しない》を打ち合っているのが見えた。気合の入ったかけ声が、あちこちから響いてくる。

体育館の端には記者と思われる私服の男がふたりいて、ひとりはカメラに練習風景を収めていた。きっと美晴の取材で来たのだろう。珍しいことではない。彼女は全国大会に出場する実力の持ち主で、かつ美しく、賢い。二海が言っていた芸能界からのオファーというのも、今朝はとぼけたが恐らく本当のことだ。僕の姉も同じような話をしていた記憶がある。

しかし記者の相手をしているのは彼女ではなく、剣道部の主将で僕と同級生の男子生徒、高良《たかいら》だった。

僕は美晴と付き合っているという噂の高良とは面識がない。この噂を仕入れたのは伊達だ。高良は武士のような雰囲気をまとう姿勢の良い男で、剣道着姿は凛々《りり》しく男らしい。美晴と並んでもあまり遜色がない。そういう男は珍しいので、噂は本当かもしれない。

彼女はどこだろう。視線を巡らせると、体育館のすみでひとり素振りをする彼女を見つけた。白の道着だけで防具はつけていない。頭の高い位置でひとつに結んだ長い髪が、動きに合わせてゆらゆら揺れている。

描きたい。ここが外ではなく、僕の部屋の中だったらいいのに。薄暗く狭いあの部屋でなら、思う存分彼女を描けるのに。

「……帰ろう」

穴に落ちた気持ちは浮上まではせずとも、底にぶつかる前に留まってくれた。あとはもう、描くだけだ。

体育館に背を向ける。最後に見た美晴は、玉のように輝く汗を散らし、一心不乱に素振りを続けていた。揺れる長い髪の先が、わずかに青く透けて見えた気がした。

◆

カリッと鉛筆の尻を噛むと、独特の苦みと香りが口の中に広がった。額をつけたガラスから、冷たくじめっとした外の空気が伝わってくる。蝦夷梅雨《えぞつゆ》と呼ばれる季節に入り、ここ数日は傘を常に持ち歩いていた。今朝もまた暗い花のような傘が、いくつも家の前を通り過ぎていく。

雨は嫌いではない。やまない雨音が余計な雑音を消して、世界にひとりきりだと錯覚させてくれる。いつも以上に部屋が暗くなると安心できた。ずっと梅雨が続けばいいのにとすら思う。そうすれば、僕はオイルの匂いが染みついた居心地の好《よ》い部屋で、静かな時間を堪能できる。

濡れて歪む視界の端から透明な花が歩いてきた。それは僕の家の向かい側、美晴の家の前で立ち止まった。少しの間ありふれたビニール傘は家を見上げていたが、やがて他の花と同じように憂鬱《ゆううつ》そうな足取りで去っていく。

あの傘の下にいたのは、いつも美晴と登校している女子生徒だ。中学から彼女と仲良くしていて、確か同じ剣道部に所属していたはず。

「またか……」

今朝も美晴は姿を現さなかった。昨日も、一昨日もだ。梅雨が来ると同時に、彼女はまるで僕のように引きこもってしまった。

いや、僕のようにと言うと語弊《ごへい》がある。僕は絵に集中して生活リズムが崩れ学校を休むことがあるだけで、決して引きこもっているわけではない。彼女にしても、きっと風邪か何かで体調を崩し休んでいるだけだろう。

蝦夷梅雨はそれほど長くない。青空が広がる頃には、きっと彼女もあの太陽のような笑顔を見せてくれるはずだ。

「それまで、これはオアズケか」

スケッチブックを閉じ、すでに物で溢れた机の上に置き、部屋を出た。

階段の途中で魚の焼ける匂いがしてくる。姉がバタバタと駆け回る音とお天気キャスターが今日の天気を知らせる声は、我が家の朝の日常だ。

居間に行くとまだヒゲを剃《そ》っていない寝起きの父が、ちゃぶ台の前で朝刊を読んでいた。

僕が「おはよう」と声をかけると、ちらりと視線をよこし、ひとつ頷く。

広い肩幅に丸太のような太い腕。日焼けした肌にむっつりと閉じられた口。短く刈られた髪と男らしい眉は真っ黒だ。まるでヒグマのような見た目の父、桧山武夫《たけお》。桧山酒店の三代目店主で、バツイチ子持ちのシングルファザー。これを言うと嫌な顔をされるので、僕も姉も本人の前では口に出さないようにしている。

「蓮、遅い！　たまには早く起きて手伝ってよね」

台所から現れた姉、百音《ももね》が、僕を見るなり父に似た凛々しい眉をつり上げた。僕と同じく長身の姉は、長い足で畳を踏み抜かんばかりにドスドス歩いてくる。味噌汁を乱暴にちゃぶ台に置いた姉に「いつもありがとうございます」と手を合わせる。途端にお盆で勢いよく頭を叩かれた。まったく容赦がない。

「あんた、また遅くまで絵描いてたでしょ。ちゃんと勉強してんの？」

元々鋭い目をさらに尖らせた姉に、視線が泳ぐ。

「してると言えば、してる」

「絵なんかで食べていけるわけないんだから、真面目に勉強して大学行きなさいよ。うちの店継げばいいって思ってるんだろうけど、甘いわ。お店をやるって大変なんだから」

朝から勢いよく説教する姉は、市内の大学の経済学部に通っている。そのうえで家事を担い、酒屋の事務仕事も手伝っているのだから、ただ絵を描いて学校に通うだけの身分の僕は反論しにくい。

それでもこれだけは言っておかなくてはならない。

「元々継ぐ気なんてないよ。酒苦手だし……」

勇気を振りしぼった主張は、姉のひと睨みで尻すぼみになった。

「だったらどうする気？　あんたもう三年生なのに、全然進路について話さないじゃない。今度三者面談あるんでしょ？　お父さんに何も知らない状態で行けって言うの？」

「そういうわけじゃないけど……父さん、本当に来るの？」

「ああ。でも配達の合間に行くから、ちゃんとした格好はできんぞ」

「ちゃんとした格好なんて、喪服くらいしか持ってない癖に。お父さんも行くって言ってるんだから、蓮は最低限の情報話しなさいよね」

男ってほんと大事なことに限って話さないんだから。そんな姉の愚痴《ぐち》に僕と父さんは肩をすぼめながら箸を取るのだった。

◆

それから一週間後の朝、学校に到着した僕は思わず校門の前で足を止めた。

駐輪場に自転車を停め校舎に向かおうとしていた僕の目の前を、美晴がうつむきがちに通り過ぎていく。

僕らの上には久しぶりの青空が広がっていた。

ただ、太陽みたいな笑顔はそこに見当たらない。いつもの輝きはなりをひそめ、その他大勢の中に溶けこんでいる。

どこにいても目立つ彼女だからこその違和感に、創作意欲より心配する気持ちの方がふくらんだ。

「風邪、まだ治ってないのかな……」

「おーっす桧山！　今日も陰キャってんな！」

呟いた直後、突然抱きついてきたのはお馴染みのふたりだ。伊達と二海が僕を挟んで両側に立つ。

「おはよう、桧山。どうしたの、こんなところで立ち止まって」

「いや……なんとなく、変だと思って」

「変って何が？」

僕が黙って前を歩く美晴を見つめていると、ふたりも視線を追うようにそちらを見た。けれど数秒後「で、何が？」と改めて聞かれ、僕は戸惑う。

いつもなら彼女の姿を見つけると、伊達なんかはすぐに幼なじみがどうのこうのとからかってくるのに、今朝はその様子がない。二海も僕にはよくわからない言葉を使って美晴を褒めたたえるところだが、無反応だ。

後ろ姿だから気付かなかったのだろうか。いや、彼女は後ろ姿でさえその存在感を発揮する。ただ、今朝はその存在感が気薄になっているのだ。

やはり変だ。あんなに元気のない美晴ははじめて見る。まるで萎《しお》れた花みたいで痛々しい。ひとりきりというのも気になる。いつだって人に囲まれ、陽だまりの中で生きているような彼女のそばに、いまは誰もいない。いつも一緒に行動している同じ剣道部の少女の姿さえない。ケンカでもしたのだろうか。だから元気がないのかもしれない。

元気のない花には水をあげるべきなのだろうが、僕にはできない。何年も言葉を交わしていない元幼なじみで、いまはただのご近所さんでしかない僕。

水のかけ方さえ、とうに忘れてしまっていた。

その後、昼休みに友人と連れ立って歩く美晴を見かけた。ケンカをしたわけではないらしい。けれどやはり元気というか、覇気がなく、いつもの彼女ではないことは確かだった。

遠目にじっと様子を見ていると、ふと彼女が顔を上げこっちを見た。何かを求めるような、訴えるような目をしていた気がする。だが視線の先が僕であるはずがないので、不自然にならないようそっと別の方向に目をやった。

しばらくして目線を戻せばすでに美晴の姿はなかったが、どこか乾いたような彼女の表情が頭から離れなかった。

自分に何ができるわけでもないのにどうしても気になり、放課後また体育館をのぞいてみたが、美晴の姿は見つけられなかった。白い道着の剣道部員たちは普段通り声を上げながら練習しているのに、彼女だけがいない。主将の高良、彼女の友人もいる。病み上がりで本調子ではないから休んでいるだけなのだろうか。

ちょうど「休憩！」という顧問のかけ声で、剣道部員たちが竹刀を下ろし、バラけていく。

「あ、あの……高良」

廊下に向かう高良が前を通ったので、つい声をかけてしまった。これまで挨拶すら交わしたことのない相手だというのに。

当然相手は驚いたように僕を見たけれど、足を止めてくれた。

「ええと、桧山、だっけ。何か用？」

「あー……今日って、彼女休んでるの？」

「彼女？　誰の？」

「誰のって、そりゃあ」

待てよ。彼女と高良が付き合っているというのは、あくまで噂だ。本当に付き合っているのかどうかは知らない。彼女と目の前の男がそれらしく振る舞っている場面を、僕は見たことがない。

「もしかして、付き合ってない……？」

「なんの話だ？　俺は誰とも付き合ってないけど」

男らしく整った顔をしかめる高良に僕は慌てた。休憩時間に話したこともない野郎から声をかけられ、おかしなことを聞かれても迷惑だろう。

「ごめん。質問を変える。後輩の茅部美晴は、どうして休んでるんだ？」

高良はますます眉をひそめ、僕の顔をじっと睨むように見つめた。

「さっきから何を言ってるんだ？　うちに茅部って名前の奴はいないぞ。それに今日は誰も部活を休んでない。ここにいるので全員だ」

「は……？」

「誰かと間違えてるんじゃないのか？」

そう言うと、高良は袴《はかま》をばっさばっさと足でさばいて体育館から出ていった。

ここにいるので全員？

体育館を見渡す。普段半分ほど閉じがちな瞼《まぶた》をしっかり持ち上げ、目をこらした。それでもやはり、美晴は見つからない。

「どうなってるんだ……？」

ぐるぐると視界が回り出す。ふらつきながら逃げるようにその場を離れた。

正門への小道を歩いても、地面を踏みしめている感覚がない。まるでおかしな夢の中で、雲の上を歩いているみたいだ。

高良は誰とも付き合っていないと言った。茅部という名前の後輩はいない、誰も部活を休んでいない、とも。

まさか美晴は退部したんだろうか。だが、子どもの頃から神童と言われ全国大会で優勝経験もあり、さらには雑誌やメディアで剣道小町ともてはやされ有名になってきたいま、なぜ退部する必要がある。

もしかして、休んでいた理由は風邪ではなく、選手生命を脅《おびや》かすようなケガだったのか。

それとも部の人間関係が上手くいかなくなり辞めたとか。

ありえない話ではない。特に高良とは噂にもなっていた。本当に付き合っていたがひどい別れ方をしたというのなら、先ほどの高良の態度もわからなくはない。

「でも、なんだかまるで知らない人間みたいに言ってなかったか」

高良は彼女にフラれて、その腹いせで意地の悪い言い方をしたのかもしれない。

きっとそうだ。神様にさえ愛されているような彼女が誰かに嫌われるというのはなかなかないことだが、フラれたとするなら可愛さあまって――ということは大いにある。そういうことに違いない。

僕はひとり納得し駐輪場に入る。ずらりと並ぶ自転車から自分の銀色を探していると、突然何かが割れる音と悲鳴が聞こえた。

一気に騒がしくなった正門の方へ向かうと、校舎一階の窓ガラスが大きく割れ、生徒が集まってきていた。

ボールか何かが当たったのだろうか。

その時、人だかりの後ろからぼんやりと眺めていた僕の目に、信じられない姿が映った。

割れた窓のそばに、彼女が立っていた。その手にはいつも練習で振るっている竹刀が握られ、挑むような目で集まってきた生徒たちを見つめている。

まさか、美晴が割ったのか？

ありえない、と思いながらも僕は彼女から目が離せない。

品行方正で教師からの信頼も厚い彼女が、校舎の窓を割るはずがない。けれど、ひび割れ、大きな穴がぽっかり空《あ》いたガラスのそばに、竹刀を持った美晴が立っている不自然さ。

それだけではない、美晴があの場にいるというのに、誰ひとり彼女の名前を口にしないのだ。

美晴はしばらく竹刀片手に佇《たたず》んでいたが、やがて諦《あきら》めたように顔をうつむけると、野次馬から離れた。竹刀を袋にしまい芝生に置いていた学生鞄を手に取ると、割れた窓ガラスを振り返ることなく門の方に歩いていく。

そしてやはり、彼女を呼び止める生徒は皆無だ。

僕は無意識に美晴を追いかけていた。背後で教師が到着した声が聞こえたが、我関せずといった風に歩き続ける彼女。僕は歩調を早め、手を伸ばす。

「美晴！」

すぐそばにある、シラカバの枝のように白く細い腕をつかんで引き寄せた。

「何があったんだよ」

美晴のビー玉のように澄んだ瞳が、僕を映した。

このキラキラと深いところで光る大きな目に正面から見つめられるのは、いったい何年ぶりだろう。落ち着かなさと安心感に同時に見舞われ、不思議な気持ちになった。

こぼれんばかりに見開かれた彼女の瞳に吸いこまれそうになる。それまでの混乱を忘れ僕が見惚《みと》れていると、美晴は唇をわずかに震わせながら「蓮くん……？」と、僕の名前を呟いた。

その途端、満開のソメイヨシノのように身の内で咲き誇ったものは、喜びだ。

僕の名前を憶《おぼ》えていてくれたのか。名前どころか存在すらとっくに忘れ去られていると思っていたのに。きっと勝手に避けるように疎遠になった僕のことなんて、記憶にも残っていないとばかり……

まだ美晴の中に自分がいたとわかり、虫の良い話だが〝ひとつ年上の幼なじみのお兄ちゃん〟という立場が一瞬にして僕の中に戻ってきた。

「何か悩んでるのか？　もしそうなら話くらい――」

「蓮くん、私が見えるの？」

僕の声を遮《さえぎ》るように、美晴は身を乗り出しそう言った。

私が見え……なんだって？

彼女の整いすぎた顔をまじまじと至近距離で見つめた。シミやホクロひとつない真っ白な肌は、新雪のように輝いている。遠くからでも強すぎる存在感を放つ彼女の特異性はわかっていた。けれど近くで見ると、ただただ人間離れした美しさに圧倒される。

神様が彼女のパーツをひとつひとつ慎重に置いて決めたのだ、と言われても驚かない。そんな神秘的とさえ言える美晴の姿を見もせず、スルーできる人間などいるだろうか。

「僕は、視力だけはいいんだ」

他に自慢できるところはないのだけれど。僕がそう言うと、美晴は顔をくしゃくしゃにし「何それ」と笑った。

その瞬間、長いまつ毛を濡らしこぼれた涙に、心臓をわしづかみにされたように感じた。割れたガラスと同じ無色透明が宙に舞う。優しい花のような匂いがふわりと香り、なんだか夢を見ている気分にさせられた。

泣いている彼女に抱きつかれたと気付くのに、随分と時間がかかった。

学校をあとにし、僕は美晴をファミレスに連れて来た。

長居できてゆっくり話せる場所が他に思いつかなかったからだが、学校の生徒に見られやしないかと気が気ではなかった。

「あの、水、もうひとつください」

僕の言葉に若い女性店員は怪訝《けげん》そうな顔をした。

すぐに水の入ったグラスをもうひとつ持ってきたが、置いたのはなぜか僕の前。そこには先ほど席についた直後出してくれたグラスが、すでにあるというのに。

「ご注文がお決まりになりましたらお呼びください」

定型文を定型スマイルで口にすると、店員はさっさといなくなった。変な客、とその背中は言っているようで思わずムッとしてしまう。

「なんか、失礼な店員だな。入り口でも、おひとり様ですかなんて聞いてきたし」

最初は、にょきにょき伸びてしまったこの身長のせいで美晴が見えなかったのかと思った。もしくは彼女がきれいすぎて、僕みたいな男の連れには見えなかったのかと。

けれどテーブルについてからもあの態度だ。メニューも僕だけに渡し、美晴の方は見もしなかった。

怒る、というよりも疑問を感じていた僕に、美晴は苦笑して追加されたグラスを引き寄せる。

「あれが普通だよ」

「普通なもんか。嫌がらせとしか思えない」

「まあまあ。蓮くんが怒るなんて珍しいじゃん。私は気にしてないから落ち着いてよ」

珍しい、なんて、何年振りかで会話した相手に言われるとは思わなかった。まるで今日までずっと仲の良い幼なじみだったかのように言う彼女に、悪い気はしない。

「僕はもう小学生の僕じゃないよ」

「じゃあ蓮くんも反抗期の少年らしく親にイライラしたり、物に当たったり、怒鳴りちらしたりするの？」

「……もう反抗期って年でもない」

「反抗期なんてなかったんでしょ。やっぱり蓮くんは変わってないね」

変わっていないと言われると、美晴の中の僕がいったいどんな奴なのか気になった。

僕だって怒る時もあるし、だらけたり、学校をさぼったりもする。仲の良かった小学生の頃は、少なくとも学校をさぼることはなかったはずだ。

「美晴だって変わってないじゃないか」

「蓮くんにはそう見えるんだ？」

「違うの？」

「残念ながら、私はだいぶ変わっちゃったよ」

グラスのふちを指の先でなぞる美晴。その小さな爪の色や、さらりと流れる髪の動き、まつ毛の作る影の濃さを頭の中のキャンバスに描き写す。

彼女を形作るものすべてを見ていたい。彼女を見ると手がうずうずする。これはもう癖というか、病気みたいなものだ。

「それは、さっき学校の窓ガラスを割ったことと関係があるのか……？」

状況から見て、あれは美晴の犯行でほぼ間違いない。

どうしてあんなことをしたんだ。危ないだろう。

僕が年上ぶって言うと、美晴は長い絹のような髪を耳にかけ、意味ありげに僕を見た。

白く細い指が、テーブルの上の呼び出しボタンを押す。すぐにあの店員が戻ってきて「ご注文はお決まりですか？」とまた定型文を口にした。

まるでメニューを見ていなかった僕は慌ててメニュー表を開き、たいして見もせずアイスコーヒーを注文した。

「美晴は？」

「は？」

なぜか店員が素《す》っ頓狂《とんきょう》な声を上げて僕を見た。

さっきからなんなんだ、と僕も強く見返すと、引きつった顔をして「以上でお決まりでしょうか」と言うので、これはいよいよ怒るべきかと腹のあたりに力を入れた。

「そんなわけないでしょう。彼女の注文がまだだ」

「……お連れ様をお待ちでしたら、後ほどまたご注文をうかがいにまいりますが」

「はあ？」

今度は僕が素っ頓狂な声を上げる番だった。嫌がらせなのか悪ふざけなのか。どちらにしても度が過ぎている。

「蓮くん、蓮くん。私もアイスコーヒーでいいよ」

「美晴はそれでいいの？」

「うん。いいから頼んで」

頼んでも何も、目の前の店員にも聞こえているだろう。

そうは思いつつも「アイスコーヒーふたつ」と渋々注文する。店員はますます奇妙なものを見る目をして注文を復唱すると、逃げるように厨房へと去っていった。

「なあ、この店出ようか？　あの店員の態度はないよ」

「いいんだよ。どこの店でも同じことになるだけだもん」

「どうして。美晴を無視するような奴、そうそういないだろ」

「いるの。っていうか、みんなそう。みんな私のことを無視するの」

　みんな、というのが気になった。あの店員だけの話ではないのだろうか。

「……もしかして、学校でも無視されてるのか。それで最近元気がなかった？」

　もてはやされることはあっても、美晴がいじめられることなんてまずありえないと思っていた。間違ってもそういうことをされる人間ではない。

　誰もが好意を抱かずにはいられない種類の人間がいると、教えてくれたのは彼女だ。神様さえも魅了する存在が、茅部美晴なのだ。

「蓮くん、私のこと心配してくれてたの？　ずっと？」

　しまった、と内心自分の口をふさぎたくなった。これではまるで、僕が常に彼女を見ていたと言っているようなものだ。僕のストーカーじみた観察行為がバレてしまう。

「い、いや。たまたま見かけて、なんとなくそう思っただけで……」

「うそ。知ってた？　蓮くんてうそつく時、右の耳たぶ引っ張るんだよ」

「え。あっ」

　言われてはじめて、自分が耳たぶを引っ張っていることに気付いた。

　これが本当に僕の癖なら、小さい頃からやっていて、美晴はそれを今日まで覚えていたということになる。

　恥ずかしいような、情けないような、くすぐったいような気持ちになりながら、そろりと手を下ろす。美晴はそんな僕に微笑ましいものを見る目を向けてくる。これではどちらが年上だかわからない。

「あんまり見ないでくれるかな……」

「だって、嬉しいんだもん。蓮くんが変わってなくて」

「それのどこが嬉しいんだよ」

「私のことを心配してくれる、優しいお兄ちゃんのままだってわかったから。てっきり嫌われたと思ってたから、嬉しいの」

まさか、と首を振る。僕が美晴を嫌うなんてこと、あるわけがない。

「嫌いになんてなってないよ」

「でも蓮くん、中学生になったくらいから急に私のこと避けはじめたでしょ？　目も合わせてくれなくなったし。私がしつこくまとわりつくから、鬱陶しくなっちゃったのかなって」

「ないよ、ないない。本当に。ごめん、そんな風に思ってるなんて知らなかったんだ。鬱陶しいなんて感じたことないよ」

本当に悲しそうな顔をするから、また泣き出すのではと焦ってごめんを繰り返す。

そんな僕に美晴は細い肩をすくめて言う。

「しょうがないなあ。許してあげる」

「それは……どうも」

急速な喉の渇《かわ》きを感じ、水を一気にあおる。

グラスの汗で濡れた僕の手。それを正面から伸びてきた、白い陶器のような手がつかんだ。

「ねえ、蓮くん。私の手、見える？」

「は……？　見えるって、そりゃあ」

「本当に？　全部見えてる？」

「当たり前だろ。何言ってるんだよ」

青くか細い糸のような血管が透けて見える手の甲、節の目立たない指の関節、ほんのり色づく桜のような爪だって、しっかりと見えている。本当に視力だけはいいのだ。

ただ、ツヤのある爪の先端が、わずかに透けている気がした。きっと僕と違って、少しの力で割れてしまうようなとても薄い爪なのだろう。

「でもね、本当は見えないはずなの」

「……なんだって？」

「手だけじゃない。腕も、足も、顔も、全部見えなくなってるの」

「見えないって……誰かそう言ったのか？」

「言わないんじゃなくて、言えないの。見えないことさえわからないから」

意味がわからない。なんの冗談だと言おうとした。その時あの店員が戻ってきて、銀のトレーからアイスコーヒーをふたつ、テーブルに置いた。躊躇《ちゅうちょ》なく両方とも、僕の前に。

「お待たせいたしました。ごゆっくりどうぞ」

再び早口で定型文を言い終えると、そそくさと去っていく。店の奥でこちらを見ながら他の店員と囁《ささや》き合っている様子に、僕は口元を手で覆った。

鼓動の乱れを感じながら、ゆっくりと美晴に視線を戻す。

彼女は笑っていた。困ったような顔で、それでも笑っていた。

「蓮くん。私ね、透明人間になっちゃったみたい」

まさか、という言葉は喉につっかえて出てこなかった。この店に来てからだけではない、もう少し前から感じていた小さな違和感たちが集まって、恐ろしい答えを形にしていく。

汗っかきのグラスの中で、氷がからんと音を立てた。

なんだか感慨深い気持ちで、僕は茅部という表札を眺めていた。

美晴と疎遠になっていた時間と同じだけ、この家の戸を叩くことはなかった。距離で言えばたかだか十数メートル。お向かいさんのお宅を訪問するのは、こんなにも緊張を強いられるものだっただろうか。

「ただいまー」

僕の異様な緊張をよそに、美晴は普段通りといった様子でドアを開け中に入っていく。

迷いながらも、僕は彼女に続いた。途端に鼻腔《びこう》をくすぐった香りに、小学生の頃の記憶が呼び戻される。

懐かしい、ポプリの香りだ。靴箱の上に、白い花や葉が詰められたころんと丸いガラスの容器がある。確か美晴の母親が、ポプリ作りを趣味にしていたのではなかっただろうか。

彼女からする優しい香りの正体はこれだったか。

「本当に僕も上がっていいの？」

「もちろん。前はよくお互いの部屋を行き来してたでしょ？」

「それは子どもの頃の話だろ」

「もしかして蓮くん、緊張してる？　女の子の部屋に上がるからって、ドキドキしてる？」

「……年上をからかうのはやめなさい」

無邪気な美晴に、意識するのもバカらしくなって靴を脱いだ時、軽快な足音とともにセーラー服姿の少女がリビングの方から現れた。

一瞬、美晴かと思った。正確には中学生の頃の彼女と見間違えた。何せ美晴が当時着ていたのと同じ制服で、整った顔もよく似ていたのだから仕方ない。

「あれ？　蓮くん？」

「あ……どうも。久しぶり」

僕を見て目を丸くしたのは、美晴の妹、深雪《みゆき》だった。

美晴の三つ下だから、いまは中学二年生か。ついこの間まで泣き虫で甘えん坊の小学生だったのに、月日が経つのは本当に早い。

「え、何？　いつ来たの？　いま？　インターフォン押した？」

「インターフォン？　押……さなかった、かもしれない」

美晴がいるのだから、押す必要をまず感じていなかった。深雪だって姉と一緒に姉の幼なじみが家に入ってくれば、姉が連れて帰ってきたと思うだろう。

つまり深雪には、美晴の姿が見えていないのだ。この玄関に立っているのは、僕ひとりきりで、僕の隣はぽっかりスペースが空いているように映っているのだ。

「何それ、うける。いくら幼なじみって言ったってさあ、もう私は十四で、蓮くんは十八じゃん？　色々とその辺遠慮してくれないと困るんだよねぇ」

そんな生意気なことを言いながら、深雪は二階に上がっていった。

ものすごい違和感に自然と眉が寄る。遠慮してくれないと、なんて言われるほど、僕と深雪の仲はそう深くない。美晴と遊ぶ時に深雪がくっついてくることは時々あったが、それだけだ。四つ年が離れていればそんなものだろう。

美晴とは幼なじみだったとはっきり言えるが、深雪は幼なじみの妹、というもっと距離のある関係だと僕は認識していた。

「……いまのって、どういうこと？」

おそるおそる問いかけると、なぜか美晴は不満げに僕を睨んだ。

「そういうことになってるみたい」

「全然意味がわからないんだけど……」

「私の存在がなかったことにされたんだよ。代わりに私の場所に、深雪がねじこまれたんだと思う」

美晴は軽く尖らせた唇を、親指で押し潰す。「この設定は予想してなかった」などとぶつぶつ言いながら、柔らかそうな唇をもてあそび続ける。

何か考えこんでいる横顔を見つめながら、美晴の唇は果物みたいだなとのんきに思った。果実のように瑞々《みずみず》しく艶《つや》めいた唇に触れてみたい。弾力があるのか、柔らかいのか。絵にするならどんな色を置くか。

「蓮くん」

「はいっ」

名前を呼ばれて背筋がピンと伸びる。

唇ばかり見つめていたのがバレて怒られるのかと思ったが、美晴は「行くよ」とだけ呟いた。何かに挑むようなピリピリとした声色だった。

僕の後ろに回ると、両手でぐいぐいと背中を押しはじめる。

「お、おい。行くってどこに」

「まず人の家に来たら、挨拶は基本でしょ」

「あ、そうか。僕、お邪魔しますって言ってないかも」

「蓮くんそういうとこけっこう抜けてるもんね。人間関係だって挨拶からはじまるんだから、ちゃんとしないとダメだよ」

「すみません……」

年下にコミュニケーションの基本をダメ出しされ、反論ひとつできないとは情けない。選挙権だって持っているのに、僕の中身は小学生のままなのだろうか。

「まあ、蓮くんのエネルギーはほとんど絵を描くことに消費されてるんだから、他がポンコツになるのは仕方ないか」

「ポンコツはひどいな……っていうか、知ってたんだ？　僕がまだ絵を描いてるって」

「知ってるっていうか、蓮くんて昔から絵にしか興味なかったでしょ。鬼ごっこしてたのに、いつの間にか地面に枝で葉っぱの絵を描いてたり、漫画は読んだことないのに画集はたくさん読んでたり。きっと私の幼なじみは、将来有名な画家になるんだって思ってたもん」

胸を張って言われると、むず痒《がゆ》くて気持ち悪い顔になりそうだ。

確かに僕は絵ばかり描いていた子どもで、いまもそれは変わらない。やはり中身はあの頃のままなのかもしれない。

「それに蓮くんの絵、見てるしね。美術部の作品、校内展示されてるでしょ？　いっちばん上手だからすぐにわかるよ」

美晴の言葉にぎくりとしたのが、背中に当てられた手を通して伝わってしまわなかっただろうか。

いつもの自分らしさを意識して「それはどうも」と答える。ここ数年のいつもの僕など彼女は知らないので、あまり意味のない努力だった。

「はい、がんばって！」

勢いよく押され、前につんのめりながら僕が入ったのは、茅部家のリビングだった。

食卓テーブルにソファーがひとつ。決して散らかっているわけでも狭いわけでもないはずだが、ところ狭しと飾られている盾や賞状、トロフィーのおかげで雑然として見える。

僕がここに出入りしていた頃も美晴の功績を称えるオブジェはたくさん並んでいたが、あれからまた随分増えたようだ。違いと言えばそれくらいで、懐かしさがじわじわと、トロフィーたちの隙間からもれ出てくる。

「あらっ。びっくりした。蓮くん、来てたの」

「え……あ」

キッチンの方から出てきたエプロン姿の女性が、僕を見て目を丸くする。それは先ほどの深雪の表情とそっくりだった。

彼女たち姉妹の母親、奈津美《なつみ》さん。すらりとした美人で、昔は溌剌《はつらつ》とした印象だったが、数年経って少し頬がこけ、やつれたように見える。ショートカットの黒髪にも白髪が多く混じっていた。

「久しぶりねぇ。深雪に会いに来たの？　呼びましょうか」

「あ、いえ。さっき少し話したんで」

「ほんと？　あの子、態度悪かったでしょう。最近反抗期なのよ。ごめんなさいね」

「いえ、全然——」

大丈夫です、と言いかけた僕の背中を美晴が突く。ちゃんとしろ、と言われた気がして背筋が伸びた。

「あの。お、お邪魔します」

「あら。うふふ、いらっしゃい。改まってどうしたの？　ここは蓮くんの家みたいなものじゃない」

いまの奈津美さんの笑顔と、昔の奈津美さんの笑顔が重なる。年を取ったと思ったけれど、温かく包みこむような優しい笑顔は変わっていなかった。

家に母親がいない僕にとって、奈津美さんは美晴とはまた違う特別な人だった。一番身近な理想の母親像で、憧れでもあり、勝手に母親の代わりのように思い慕っていた。奈津美さんもそれは感じていたのだろう。僕を邪険にすることはなく、実の娘とセットのように扱い大切にしてくれた。

小学生の頃を思い出し、くすぐったくも温かい気持ちになった時、美晴が僕の後ろから出て奈津美さんの方へ歩いていく。

「お母さん」

はっきりと声をかけた。だが奈津美さんの視線は僕から離れない。

心臓をギュッと握りしめられたように苦しくなる。奈津美さんにも彼女が見えなくなっているのだ。なぜ、こんなことになってしまったのか。

「お母さん」

今度は奈津美さんの肩に触れ、声をかける。すると奈津美さんはハッと夢から覚めたような顔になり、はじめて美晴の方を見た。

「……美晴？」

ひどく自信なさげに、奈津美さんが呟く。

美晴はまるで子どもを見るような目を自身の母親に向けて微笑んだ。

「ただいま。蓮くんと部屋にいるね」

「ああ……そう、そうね。そうだったわね。私ったらまた……ごめんなさい」

呆然とした様子の奈津美さんだったが、徐々に落ち着きなく視線をさまよわせはじめる。

混乱しているのは僕も同じだ。何がなんだかわからない。ただ、見ていることしかできない。

「謝らないでよ。飲み物はあとで取りに来るから」

うなだれる母親の肩を労《いたわ》るように撫で、美晴が戻ってくる。「行こ」と声をかけられ、彼女のあとに続きながら僕は奈津美さんを振り返る。

奈津美さんは顔を両手で覆いながら、震える声で「ごめんなさい」と繰り返していた。

年頃の女の子の部屋、という未知の領域に招かれ僕は立ち尽くす。

白いふわふわのラグの上に、似たような素材のクッションが置かれている。ここに座ればいいのだろうか。それとも整頓された机に備えつけられたイスに座るべきか。いや、イスは一脚しかない。ならば腰かけるにはちょうど良い高さのベッドか。

座れるのか、僕は。あの小花柄のカバーがかかったベッドの上に。

「座らないの？」

イスに鞄を置いた美晴が振り返って首を傾げる。これでイスに座る選択肢はなくなった。残るはラグか、ベッドか。僕は迷いに迷った末、ラグのない入り口前にできるだけ縮こまって正座をした。

床の硬さは関係なく、非常に居心地が悪い。アンティークっぽい金縁の鏡だとか、香水や化粧品の瓶、白いリースの飾りは実に少女の要素が強く、直視するのも躊躇《ためら》われる。おかげで僕の異物感がすごい。変な汗まで出てきた。

でも繊細なレースのカーテンが揺れ、風に乗って優しい香りが届き、少しだけ肩から力が抜ける。窓辺に丸いグラスに詰められたポプリがあった。彼女の母親が作った、彼女の香りだ。

「正座なんてやめて、好きなところに座って楽にしていいよ」

「い、いや。僕はここでいい」

「遠慮なんてされると悲しいんだけど」

拗《す》ねたように言われるので困ってしまう。なんというか、どこにも触れてはいけない気がしてならないのだ。

「深雪は逆のこと言ってたけどな」

「あんなの！　辻褄合《つじつまあ》わせの即席幼なじみが言っただけじゃん！」

急に怒り出した彼女に驚いていると、美晴はすぐに気まずげに顔をふせた。

「即席幼なじみって……なんか、カップラーメンみたいだ」

「……実際そうだもん。蓮くんの幼なじみは私なのに」

独占欲みたいなものがにじんだ言葉に、ドキッとしてしまった。変な意味ではないとわかっていても、美晴の口から聞くと心臓を直撃するらしい。

「僕にとっても、幼なじみは君だけだよ」

照れを隠すように真面目な顔を作って言ってみたが、それを聞いた美晴があんまり嬉しそうに笑うから、僕もつられてだらしなく笑ってしまった。

格好をつけるのは苦手だ。向いていない。きっと伊達ならもっと上手く決めるのだろう。

「もう信じてもらえたと思うけど、私本当に透明人間になっちゃったの」

軽い口調で言うと、美晴はベッドに腰かけた。その上で、彼女はぷらぷらと細い脚を揺らす。

「……いつから？」

「最初に違和感を覚えたのは数ヶ月前かな。身近な人に視認されなくなったのは一、二週間前からなんだけど。学校で、友だちに声をかけても素通りされることが増えて、なんかおかしいって気付いたの。最初は私が何か気に障ることをして無視されてるのかなと思ったんだけど、心当たりはないし、日に日にそういう相手が増えていくから奈々《なな》も気付いて。あ、奈々っていうのは中学から仲良くしてる子なんだけど」

「知ってる。同じ剣道部の子だろ。いつも一緒に登校してる」

そこまで言って、しまったと思った。またた。僕は本当に抜けている。これでは僕が毎朝、登校する美晴の姿を見ていると告白したようなものだ。

彼女はきょとんとしたけれど、気まずげな僕を見て小さく笑った。まったく、格好がつかない。

「その子には君が見えてるんだな」

「……うん。個人差があるみたいで、最初は私のことが見えない人の方が少なかったから自分でもなかなか気付けなかった。でも見えない人はどんどん増えていって、いまはもう私が見える人はほとんどいないの」

「妹は？」

「深雪とお父さんは声をかけてもダメ。ふたりの中では私の存在自体なかったことになってるみたい。お母さんと奈々は、まだ身体に触って声をかければ気付いてくれる」

「他には？」

まさか母親と親友のふたりだけ、ということはないだろう。そう思いたいだけの僕の問いかけに、彼女はにんまりと笑った。そして右手でピストルの形を作り、銃口を僕に向ける。

「蓮くん」

「え？」

「いまのところ、お母さんと奈々と蓮くんの三人だけ。三人だけが、私の存在を知ってるんだよ」

光栄でしょ？　と冗談めかして言われ、どんな顔をするのが正解だったのだろう。

僕はここまできてもまだ、透明人間になったという美晴の言葉を受け入れられずにいる。

「よくわからないんだけど。それって透明人間とはまた違うんじゃないか？　透明人間って声まで聞こえなくなるもの？」

「そんなの、私以外の透明人間に会ったことなんてないから、わからないよ」

「それはそうかもしれないけど、触っても気付かないなんて透明人間とはまた別物なんじゃないのかな」

「そう言われても、わからないものはわからない。でもとりあえず色々試してはみたよ。授業中に黒板にイタズラ書きしてみたり、部活の練習中に大声で歌を歌ってみたり」

「勇気あるな……待てよ。もしかして校舎のガラスを割ったのも、実験だったのか」

「うん。人がいない教室だったからケガ人はいないよ。結果は見ての通りだったけどね」

誰も美晴に気付かなかった。彼女に声をかける人間はひとりもいなかった。

「あ。でも、そのおかげで蓮くんに声をかけてもらえたんだから、いままでで最高の結果かも」

「僕なんてなんの役にも立たないのに？　もっと力になってくれそうな人に見えればいいんだけど」

「例えば？」

「科学者とか、医者とか」

「これって病気とは違うと思うけど、役に立つかなあ？」

病気という単語に、オカルト好きの友人の言葉を思い出した。透明病だ。段々と身体が透けていき、見えなくなるという。

聞いた時は神隠しの類《たぐい》の都市伝説かと思ったが、もしかして美晴に起きているこの現象がそれに当たるのではないだろうか。

「やっぱり私はお医者さんとかよりも、蓮くんに見えていて良かったって思うよ」

「どうして僕……」

「私は嬉しいの。蓮くんで。しかも誰よりも私が見えてる。お母さんも奈々も、私がどんどん存在感を失《な》くして透けていくのを目の当《まあ》たりにして泣いていたのにね」

不思議、と呟き、美晴はパタリとベッドに倒れた。無防備な姿から目をそらすと、戸棚の上に額入りの絵が飾られていることに気付いた。

あれはたぶん僕の絵だ。描いた記憶はないが、なんとなくわかる。僕が描いた美晴の似顔絵だった。

そうだ。額縁の中の彼女は、頭の高いところで髪をひとつに結い上げている。そうだ。

小学生の頃、彼女はだいたいこの馬のしっぽのような髪型をしていた。ゆらゆらと楽しげに揺れるそれを眺めるのが、実はとても好きだったことも思い出した。そしてその頃から、自分が彼女ばかりを描いていたことも。

額に入れるほどの絵ではないうえに自分の執着を改めて思い知らされるようで、飾ってもらえて嬉しい気持ちよりも、恥ずかしさの方が勝った。

「どうして蓮くんには、私がはっきり見えるのかな。他にも見える人が現れたりするのかな。見えなかった人も見えるようになったりするのかな」

「……ごめん。わからない」

「だよね。わかるわけないよね。言ってみただけ！」

やけに明るく言うと、美晴は腹筋を使って跳ね起きた。

「とりあえず、蓮くんとは普通に話せるってわかっただけでも大収穫だよ。やっぱり喋る相手がいないと退屈で、ひとりごとが増えてちょっと危ない人みたいになってたから」

「ひとりごと？」

「今日は天気がいいね、とか。授業が退屈でやんなっちゃうとか、そういうの。誰かに話しかけて無視されるのは、もう疲れたから。ひとりごとを呟いている方がまだマシで」

長い髪を指にくるくると巻きつける美晴の唇から、ため息がもれる。気の利《き》いたことひとつ言えない僕は、黙って彼女を見つめるしかない。

「私、どうなっちゃうんだろう。そのうち私自身にも、私のことが見えなくなって声も聞こえなくなるのかな」

それではまるで、存在しないのと一緒だ。

仮に美晴は透明病だとして、その行き着く先は、無なのだろうか。人の目に映らなくなり、声も聞こえなくなり、記憶からさえも消えてしまう。存在自体をなかったことにされてしまうのか。いったいどうしてそんなことが起こるのだろう。

長いまつ毛をたたむようにして、美晴が目を閉じる。涙を誤魔化す仕草にも見え、僕は唇を噛んだ。

「僕が、なんとかする」

気付いた時にはそんな言葉が口をついて出ていた。

美晴が驚いたように僕を見たが、一番驚いているのは僕自身だ。

「なんとかって？」

「わからないけど……なんとか」

無責任で無謀な言葉だ。方法の見当もつかないのに、何を言っているのだろう。気合でどうにかなる事態とはとても思えない。それでも、言わずにはいられなかった。

美晴は「ありがとう」と笑った。少し呆れているような笑顔に見えなくもなかったので、本気で期待はしていないのだろう。僕も本気でどうにかできるとは思っていないのだから当然だ。

上辺だけの言葉がすべり、虚《むな》しく消えていく。僕程度の存在が彼女を癒したり慰《なぐさ》めたりできるはずもなかった。

本当に、なぜ僕だったのか。元幼なじみなんて、なんの役にも立ちはしないのに。

帰る前に今度はしっかり挨拶をしようとリビングをのぞく。奈津美さんはソファーに座り、顔を覆った姿勢のまま泣いていた。

その悲痛な声を聞き、慰めの言葉はひとつも浮かばないまま、茅部の家をあとにした。

サイクリングロードを渡り、向かいに建つ自分の家に帰る。配達に使っている車がなかったので、店は開いていないだろう。狭い駐車スペースを通り、裏の勝手口から入る。この時間なら姉も大学に行っていて家には誰もいない。僕ひとりだ。

二階の自室に入り、ドアに背を預ける。鞄を床に落とし、部屋をゆっくりと見回した。美晴の家には、彼女の功績がところ狭しと飾られていた。一方で僕の部屋にところ狭しと飾られているのは、美晴のなりそこないだ。小学生の頃の彼女、中学生の頃の彼女、高校生になった彼女のスケッチや油絵。統一感なく壁に貼られ、床に置かれ、散らばり、埋めつくしている。美晴もどきたちはみんな、僕ではないどこかを見ていた。

もはや美晴を描くことは僕の一部だった。誰にも見せることはないし、評価されることもない。ただ数ばかり増えていく、僕の安定剤の副産物だ。彼女を描くことだけが、何をどう描いても上手くいかない現実から逃れられる唯一の手段だった。

その半面、彼女を描く罪悪感は常に僕を見張っていた。僕のようなつまらない絵描きが手を伸ばしていい相手ではない、と。けれどその罪悪感に逆らい続け、ここまで来た。

積み上げられたスケッチブックを一冊手に取る。ぺらぺらとめくれば、様々な美晴がそこにいた。朝、友人と歩く制服姿の彼女。体育のジャージで走る彼女。こっそり剣道の試合を観に行って描いた道着姿の彼女もいる。

まだまだ、だ。美晴をありのまま描ききれていない。僕に才能があれば、なりそこないではなく、本物の彼女を描けるはずだ。いつか描ける時が来るはずだと、ぼんやり思いながら描き続けてきた。

いつか。それは、いつ来るのだろう。

美晴が消えてしまったら、僕にも見えなくなってしまったら、そのいつかは永遠に来ないのではないか。

「だからって、いったい僕に何ができる……」

なんとかする、なんてよく言えたものだ。そんな覚悟もない癖に。

今日は久しぶりに、色んな美晴を見た。悲しげな彼女、喜ぶ彼女、怒る彼女、笑う彼女。

いつもなら考える前に手が動いているところだが、とてもそんな気にはなれなかった。こういう中途半端なところも、僕がダメな理由なのだろうか。

そうやってぼんやりと、過去に描いた美晴の絵を振り返って過ごした。父や姉が帰ってきて声をかけられても曖昧に返事をして流した。夕食の時間が過ぎても自分の城に閉じこもり、出窓に腰かけ、スケッチブックを膝に載せていた。鉛筆は手元にない。朝こうして美晴を待っているあの時間は、日々のルーティンに組みこまれている。それもいつか、忘れてしまうのだろうか。

答えのない問いを誰にともなく投げかけていると、向かいの家の玄関に明かりがついた。ガラスの向こうに目をこらす。ほどなくして出てきたのは美晴だった。

白いパーカーを羽織ってはいるものの、ショートパンツという軽装だったので僕は慌てて部屋を飛び出した。

「ちょっと蓮、どこ行くの！　夕飯は⁉」

「あとで食べる！」

姉の「もうご飯抜き！」と怒る声が聞こえたが、僕はそのまま家を出て美晴を追いかける。

彼女はサイクリングロードに下りていた。僕も芝生を駆け下り、夜の闇に白く浮かぶ背中に声をかけた。

「美晴！」

細い肩がびくりと跳ね、振り返る。

「蓮くん……どうしたの？」

「それはこっちのセリフだよ。夜中に女の子がひとりで出歩くなんて危ないだろ」

「ひとりじゃないよ？」

ひとりじゃない？　まさか美晴以外にも透明病にかかった人間がいるのか？

周囲を見回す僕に、彼女が笑う。その時ほっそりと伸びた白い足の間から、ぴょこんと顔を出したのは――

「……豆太《まめた》？」

返事をするようにひと鳴きしたのは、少し小柄で茶色い毛並みの柴犬だ。

美晴が小学生になったと同時に、茅部の家の一員になった豆太。敷地の奥にある庭で飼われているため、普段あまり姿を見ることはない。散歩も僕らが学校にいる間にしているようだ。

豆太がまだ生きていたとわかり、少しほっとした。だが、ひとつ問題がある。

「うわっ。ちょ、ちょっと豆太、近い」

豆太が興奮したように僕の脚に飛びついてくるので、慌てて距離を取る。

僕は昔から動物があまり得意ではないのだ。犬に噛まれたとか追いかけられたとかそんな理由はない。ただ純粋に怖いのだ。

「相変わらず豆太も蓮くんが好きみたい」

赤いリードを持ちながら、美晴がのんきに笑う。

確かに時々美晴が豆太を連れて僕の家に遊びに来ることがあり、そのたび全力で拒否しても、豆太は僕ばかりを追いかけてきた。

「わけわかんないよ。小さい時だって、たいして遊んであげていたわけでもないのに」

「豆太にはわかるんだよ。蓮くんが優しい人だってこと」

「そんなバカな」

「豆太だけじゃないよ。野良猫も、学校の飼育小屋で飼われてたうさぎも、蓮くんに寄っていってたよね。みんな動物にモテモテな蓮くんを羨《うらや》ましがってたっけ」

「僕はあまり嬉しくないんだけどね……」

好かれているとしても、苦手なものは苦手だ。理由は上手く説明できる気がしない。とにかくダメなのだ。嫌い、というわけではない。豆太は賢い犬だと思うし、毛並みもいいし、顔立ちもキリッとして見える。でも、本能的な恐怖はどうしようもない。

「どこに行くの?」

豆太と距離を取りつつ尋ねると、美晴は少し迷うそぶりを見せたあと「コンビニ」と答えた。

「豆太がいるから大丈夫だよ」

「それでも危ないよ。付き合う」

美晴は少しかがんで、足元の豆太を撫でる。

絹のような髪がさらさらと落ちていく様に、一瞬目を奪われた。だが上目遣いでこちらを見た美晴の瞳の強さにギクリとして、すぐに我に返る。

「危ないって何が？」

「何がって、そりゃあ色々——」

「誰にも私が見えないのに、どうやって危ない目に遭《あ》うの？」

これは……責められているのだろうか。僕のもっともらしい気遣いが、彼女の気に障ったのだろうか。

強く輝く瞳から、逃げるように視線を落とした。

「だとしても……ひとりでは行かせられないよ」

「蓮くんて、やっぱり優しいよね」

変わってないなと笑い、美晴が歩き出す。

彼女についていく豆太のお尻が、ふりふりと左右に振られるのを眺めながら、僕もあとに続いた。

「コンビニに行くって言ったのはうそ。ただなんとなく、歩きたかっただけ。自分が透明になっていってるってわかってから、時々外に飛び出したくなることが増えたんだ」

「これからは、そういう時は僕に声をかけてくれればいい。どこにでも付き合うよ」

「本当に？　どこにでも？」

「いや、海外はパスポートがないから無理だけど」

「私のパスポートも期限が切れちゃってるから安心していいよ」

冗談のつもりだったが「もう再取得はできないだろうしね」と続いた美晴の言葉に、笑うことはできなかった。

外に飛び出したくなる時があると言う。きっと家の中で、孤独を感じているからだろうと思った。自分の存在が消えた家の中で、自分以外の家族が変わらず笑い合っていたら、僕だって飛び出したくなるかもしれない。いや、僕の家族が笑い合うということはあまりないので、推測でしかないが。何せ僕は父が笑った顔を見た記憶がないくらいなのだ。

「豆太には美晴が見えてるんだね」

「うん。ああ、そっか。いまのところ私のことが見えているのは、三人だけじゃなくて豆太もだ」

「他の犬にも君の姿は見えてるのかな」

「動物は人より少し敏感かもね。この間、朝スズメを見かけて近づいてみたの。捕まえられる距離まで来た時、すごく驚いた感じで飛んで逃げていった」

「見えてはいないけど、気配はわかるとか？」

「そうそう。きっとそんな感じ」

「じゃあ、やっぱり豆太は特別なんだな。茅部の家族の中でも、美晴に一番懐いていたし」

ふと、自分のセリフに引っかかりを覚え頭の中で反芻《はんすう》した。

いま、何かひらめいたような気がしたが、それははっきりとした形をとる前に霧散してしまった。

「豆太はいつでも私の味方でいてくれたもんね。妹とケンカした時も、絶対私のところに来てくれるの。黙って寄り添ってくれて、でも、ちゃんと仲直りするんだよって目で見てくる。弟の癖に年上ぶるんだよね」

「弟って、豆太の方がだいぶ年上だろ？　もうけっこうなおじいちゃんじゃないか」

「でもあとから家族になったのは豆太だもん。私がお姉ちゃんなの」

そう胸を張る割には、言っていることは子どもじみている。距離を置いている間に随分大人っぽくなったと思っていたが、僕の思い違いだったようだ。

美晴はたぶん、あまり変わっていない。少し意地っ張りで子どもっぽい、僕の幼なじみのままだった。

「そのうち……豆太にも見えなくなっちゃったらどうしよう」

ふと、弱気な声が夜道にぽつりと落ちた。

「……豆太は、大丈夫じゃないのかな」

「お父さんも深雪も見えなくなったのに？　私のこと、きれいさっぱり忘れちゃったのに？」

忘れる、と美晴は言ったが、正確には彼らの記憶の中でも彼女は透明になってしまったのだろう。存在自体がどんどん透き通っていく。そういうことなのではないだろうか。

「お母さんや奈々も、そろそろだなって感じるんだ」

「そんなこと、まだわからないじゃないか」

「わかるよ。この数ヶ月、ずっと感じてきたんだから。間違いないのです」

演技がかった調子で言って、美晴が先を行く。

揺れる黒髪が闇夜に溶けていくように見えた。一瞬透明化が進んだのかと、焦ってしまった。

この焦りを、彼女の母親や親友は何ヶ月も感じていたのか。それはどれほどの悲しみをともなったことだろう。

そして美晴は、それ以上の絶望の中を今日まで歩き続けてきた。それも、ひとりきりで。

「蓮くんにも、そのうち見えなくなっちゃうのかなあ」

その呟きがあまりにも寂しげで、白い背中があまりにも儚《はかな》く見えて、胸がたまらなく痛んだ。

「僕は大丈夫だよ」

「自信満々？」

「悪い？」

「悪くない。嬉しい」

許せないと思った。このまま何もせず、美晴が消えていくのを黙って見送ることはできない。なんの非もない彼女が、どうしてこんなひどい仕打ちを受けなければならないのか。

美晴はただ、誰より美しくそこにあり、誰より凛々しく生きていただけだ。その彼女の存在を得体の知れない何かがゆっくりと呑《の》みこみ、奪い去ろうとしている。そんな暴挙を許していいはずがない。少なくとも、僕は絶対に許せない。

「美晴。諦めるな」

「……え？」

美晴が足を止め、躊躇いがちに振り返る。先ほどまでの明るさは消え失せ、瞳は頼りなげに揺れていた。

「一緒に治す方法を考えよう」

透明病、と僕は勝手に考えているが、正確なところはわからない。まったく別の何か、例えば未知の病気という可能性だってある。だとすれば、治す方法だってあるはずだ。

「治す……」

「きっと何かあるはずだ。それを考えよう」

「私と、蓮くんで？」

「そうだよ。君はひとりじゃない。僕が……僕と、豆太がいる」

僕がいる、と言いかけて、それはいかにもすぎてどうだろうと豆太をくっつける。豆太もフォローするように可愛くひと鳴きし、そのままこちらに飛びかかってくるものだから僕は慌てて逃げた。

やっぱり格好がつかないなと落ちこみかけた時、美晴が笑った。夜空にパンと咲く、花火のような弾ける笑顔だった。

「もう、蓮くんたら……っ」

確かに笑っているはずなのに、美晴の瞳からぽろりと雫《しずく》がこぼれ落ちた。大粒の涙が次々とこぼれ、黒いアスファルトをさらに黒く染めていく。

本当はもうとっくに限界だったのだろう。細い身体の内側に涙を溜めこみすぎて、彼女は壊れかけていた。間に合って良かった。

涙が止まらなくなった美晴の顔が、笑顔からゆっくりと正しい泣き顔に変わっていく。

それを見てたまらない気持ちになり、僕は衝動的に彼女を抱きしめていた。

「蓮、くん？」

「……あっ。ご、ごめん」

花の香りがしてはじめて、自分が何をしているか気付き慌てて離れようとした。けれどそれを許さないとばかりに、抱きしめてくる細い腕。胸に押し当てられる小さな頭。縋《すが》りついてくる身体は震えていた。

僕は小刻みに揺れるつむじを見つめながら、おそるおそる彼女を抱きしめた。壊れ物を扱うように慎重に。真っ白なキャンバスに最初の筆を置く瞬間よりも、緊張した。

「……よく、ひとりでがんばったな」

「蓮くん、私、怖くて」

「うん」

「ずっと、ずっと不安で仕方なくて」

「うん、大丈夫。今日からは一緒だ。もうひとりじゃない」

美晴は僕にしがみつき、声を押し殺すようにして泣いた。意地っ張りな彼女だから、不安を表に出さないように我慢し続けてきたのだろう。

僕の胸の高さまでしかない幼なじみをしっかりと抱きしめる。もう我慢することはないのだと、僕が受け止めるからと、伝わるように小さな頭を撫でた。

「蓮くん」

「何？」

「また、会ってくれる？」

「ああ。いつでも」

「明日でも？」

「明日でも」

美晴は僕の腕の中で顔を上げ、涙に濡れた顔で幸せそうに笑った。

それを見た僕の胸に、新たな罪悪感の芽が頭を出した。誤魔化すように強く、彼女を抱きしめる。

美晴を哀れに思ったことも、得体の知れない何かに憤りを感じたことも、うそではない。

ただ僕が一番許せなかったのは、僕から美晴という存在が奪われることではないかと気付いてしまった。僕は僕のために、彼女を守りたいのかもしれない。

それは美晴にとって、ひどい裏切りなのではないだろうか。

僕はやはりヒーローにはなれない。それなのになぜ、僕だったのだろう。

第二章　白い日傘の女

翌日――

教室の僕の机に積まれたファイルやプリントの束。その量に僕は思わず「多いな」と呟いた。

「だって桧山が透明病について教えてくれ、なんて連絡してくるから、もう俺はりきっちゃって！」

嬉しくてたまらないといった風に、机の前から二海が身を乗り出してくる。朝から随分とハイテンションだ。

「いやあ。まさか桧山がオカルトに興味を持ってくれるなんて、嬉しいなあ」

「そういうわけじゃないんだけど」

「桧山。はっきり言わないと、いつの間にかオカ研の一員にされちまうかもしれないぞ」

伊達の嫌味がまるで聞こえていないのか、二海の興奮はますますヒートアップしていく。

自分から頼んだことではあるし、他に適役がいなかったとはいえ、早まった気がしてならない。

「恥ずかしがることないよ！　我がオカルト研究部はいつでも君を歓迎する！」

「僕はすでに美術部に入っているから」

「うちはかけ持ちオーケーだよ！」

「わかったわかった」

ぐいぐい来る二海の頭を豆太にするように撫でつつ、一番上のファイルを開く。

そこには新聞や雑誌の切り抜きやコピーが収められていた。カラフルな付箋《ふせん》があちこちについていて、オカルト用語の部分には二海の字で僕でもわかるように注釈が書かれている。

手厚いが、字がとても個性的で読むのに苦労しそうだ。記事の切り抜きも端がガタガタなところも、いかにも二海らしい。ちなみにこういう作業は、意外と伊達の方が細かく丁寧だったりする。

「ネットの書きこみやブログなんかは、データにまとめて今日の夜にでも送るよ」

「まだあるのか。こんなに集めてもらって悪いな」

「全然！　好きなことだから苦にはならないよ」

笑ってそう言う二海は、確かに楽しそうだった。

「でも、なんでいきなり透明病のことなんか調べようと思ったんだよ」

プリントを興味なさげにめくりながら言う伊達に、二海が頷く。

「それは俺も思った。桧山ってこういう俗っぽいものに興味なさそうなのにね」

確かに興味はない。あるのは必要性と緊急性だけだ。

美晴のことがなければ、二海の数あるオカルト話のひとつとして、すぐに記憶から消え失せていただろう。

「それはちょっと、上手く説明できないんだけど……二海はさ、もし明日突然、自分が透明になってしまったらどうする？」

「ああ、昨日の。昨日も言った通り、俺は世界の裏側をのぞいたり、時には世界を救ったりしたいかな」

「そういうんじゃなく。どうやったら治ると思う？」

二海はきょとんとした顔で「治すの？」と言った。

まさか、と言いたげだが、むしろ治さないのかと返したい。オカルト好きな二海には間違ったアプローチだったか。

「だって、自分以外の誰の目にも自分の姿が映らなくなったら、怖いだろ？　どうなっちゃうんだろうって不安にもなるだろうし」

「そうか、そういう考えもあるね」

「いや、そういう考えの方が大多数だと思うぞ」

茶々を入れる伊達に、二海は信じられないといった顔をしたが、それでも一応腕を組んで考えてくれる。

「もったいないけど、治すなら……うーん。こういう都市伝説系には、回避の方法も存在したりするんだよ。例えば口裂《くちさ》け女に遭遇したら、ポマードと三回繰り返し言うと相手が怯むので逃げられる、とかね」

「ポマード？」

「整髪料のことらしいよ。過去に口裂け女が整形手術をした時、その執刀医がポマードを大量につけていてその匂いが嫌いになったとか、トラウマになったとか」

「なんだそりゃ。ツッコミどころが多いな」

伊達が呆れたように言うと、二海は苦笑いする。

「色々な噂が時間をかけて混ざって、ひとつの形に収まった結果だと思う」

「なるほど。回避方法か……」

僕はファイルに目を落とし呟いた。

美晴の身に起こっているのが、新しい病気なのか都市伝説の類なのかはわからない。だが病気なら治療法があるだろうし、都市伝説なら回避方法がある。それがわかっただけでも大きな収穫だ。

「でも透明病の回避方法は聞いたことがないなあ。都市伝説としてはまだ新しいものだからね。これから色々出回るとは思うけど」

「噂が流れたのが最近ってことか」

僕が聞き返すと、二海は頷く。

「五年前くらいからだったと思う。昔から扱われてる透明人間はさすがに桧山も知ってるでしょ？　その透明人間が患っていたのが透明病って説もあるけど、僕は別物だと思うんだよね。それならまだ神隠しの方が近い気がする」

「神隠し……」

「けど神隠しも古くからある伝承だしなあ。都市伝説化するきっかけがあったんだと思うけど」

それなら、噂の出所を突き止めれば、何か手がかりをつかめるかもしれない。二海の集めてくれた資料の中に、僕の探し求める答えがある気がした。

プリントの束なら授業中でも読める。他のファイルと一緒に鞄にしまった時、スマホが震えた。姉からのお遣いの指示かと思ったが、画面に表示されていたのは美晴からのメッセージだった。

【今日、お昼一緒に食べない？】

そのメッセージに、ふと食事はどうなっているのかという疑問が浮かび、心配になった。まだ奈津美さんに作ってもらえているのだろうか。

ファミレスの店員の態度を思い出す。あれでは外食はまず無理だろう。いや、バイキング形式のところなら、支払うことなく食べ放題か。

スマホに関しても疑問はある。メッセージのやり取りができるということは、機械は美晴の存在を認めているということだ。自動ドアも反応すると言っていた。

存在が消える現象は、生物の間でしか起こらないということだろうか。

それにスマホが使えるなら、携帯料金の支払いはまだ行われているのだ。奈津美さんは美晴を認識できなくなりつつあるのに、支払いはきちんとしているのか。自動引き落としだとしても、いない人間の分まで引き落とされていて不思議に思うことはないのだろうか。そういう引っかかりさえも調整されてしまうのだろうか。

「桧山？　どうかした？」

考えこむ僕を、二海と伊達は不思議そうに見ていた。

もしふたりが透明病になったなら。伊達は面白がりそうだ。女湯をのぞく以外にも色々試して遊ぶだろう。だが飽き性なので、いずれ自力でなんとか元に戻そうとする気がする。

二海は当然最初は興奮するだろうが、すぐにどうしようと慌て出すのが想像できる。寂しがりだから、誰にも認識されないことに耐えられないだろう。

僕なら、どうだろうか。誰にも認識されない生活は、いまとそれほど変わらない気がしないでもない。もしかしたら、外に出て絵を描くようになるかもしれないが。

「ところでふたりは、茅部美晴を知ってる?」

その問いかけに、ふたりは顔を見合わせると同時に首を傾げた。

「聞いたことないけど、アイドルとか女優さんの名前?」

「バカ。そんな有名人の名前をこいつが知ってるわけねぇだろ。どうせ知る人ぞ知る芸術家とかの名前だって」

「あ、そっか。画家かな? 彫刻家とか?」

僕のことをよく知るふたりの言葉に複雑な気持ちになりながら、僕は「ある剣道小町の名前だよ」と小さく答えた。

二海からもらった資料を手に、二年生の教室がある階に移動する。

美晴のクラスをのぞきこむと、弁当の匂いがむわっと香ったあと、中にいた生徒に一斉に見られた。誰? 先輩? と囁き合う声に、胃がキュッと縮むような居心地の悪さを感じていると、一番後ろの席にいた彼女が立ち上がった。

「蓮くん。来てくれたんだ」

手の平に収まるほど小さいサイズの弁当を持って、美晴が駆けてきた。

僕が顔を引っこめたので、彼女のクラスメイトたちはもう誰もこちらを見ていない。本当に誰も、美晴のことが見えていないのだ。少し前までは学校で一番の有名人で、すれ違うたび誰もが彼女を振り返っていたというのに。

実際にこの目で見てもまだ、信じられずにいる。

「二年が三年のクラスに来るのって、緊張するだろ。僕が来た方がマシだと思って」

「蓮くんたらもう忘れてる？　誰にも私が見えないんだから、緊張なんてしないよ」

「そうかもしれないけど、気持ち的にさ」

余計な気遣いだったかと思ったが、美晴は嬉しそうに「やっぱり優しい」と言って僕の腕に抱きついた。

特別優しい自覚がない身としては、反応に困る。彼女の細腕をさりげなく外し、歩き出した。

「どこで食べようか」

「ふたりきりになれるところ」

即答した美晴にギョッとすると、イタズラが成功した子どもみたいな笑顔を向けられる。

「だって、私と喋ってるところを見られたら、蓮くんが延々とひとりごと言ってる怪しい人だと思われちゃうよ?」

「ああ、そうか。そういう」

「なあに? ちょっと変な期待した?」

「してません。年上をからかうのはやめましょう」

そんな他愛《たあい》のないことを言い合っていると、ふと美晴が足を止めた。

つられて僕も立ち止まり、真っすぐ前に向けられた彼女の視線を追う。

誰を見ているのかはすぐにわかった。人の多い廊下の向こうから、美晴の友人が歩いてくるのが見える。

名前は確か、北見《きたみ》奈々。

美晴と同じ剣道部員で、少し前までは常に行動をともにしていた、彼女の親友と言っていい存在だ。

北見さんといる時の美晴は、いつも笑顔だった。彼女を見かける時は大抵笑顔だが、北見さんといる時の笑顔が、一番自然でリラックスしているように見えていた。

だがいま親友を見つめる美晴の目は、いまにも寂しさが溢れてこぼれ落ちそうになっている。

「北見さん」

だからつい、本当につい、声をかけていた。

僕らの目の前まで来ていた北見さんは足を止め、少し警戒したように僕を見上げる。やはり美晴のことは見えていないようだ。

「桧山先輩……？」

「えっ。僕のこと知ってるの？」

「私と同じ中学の先輩ですよね。美術部の」

思わず美晴を見ると妙な顔をしていた。眉をひそめ、薄い桜色の唇を尖らせている。怒っているような、ふてくされているような、恥ずかしそうな。ひとことでは言い表せない複雑な表情だ。この顔ははじめて見るかもしれない。

「それで、私に何か？」

「ああ。えっと……良かったら、一緒にお昼食べない？」

「は？」

一度は消えた警戒の色が北見さんに戻ってくる。垂れぎみの丸い目が、怯《おび》えるように僕を見た。

野生のたぬきに少し似ているなと思いながら、ナンパだと勘違いされる前に隣にいる美晴の手を握る。戸惑う彼女に頷いて、北見さんに繋いだ手を見せつけるように差し出した。

「もちろん、美晴も一緒に三人で」

「み、はる……」

ぼんやりと僕らの手を見つめていた北見さんは最初、焦点の定まらない目をしていた。けれどゆっくりと目を見開き、やがて探していた宝物を見つけたみたいに、真っすぐに彼女を見つめた。

「美晴……！」

北見さんが赤ん坊みたいに顔をくしゃくしゃにして、美晴に抱きついた。

彼女は親友を抱きとめながら、信じられないようなものを見る目で僕を見上げてくる。「いったいどんな魔法を使ったの？」とでも言いたげな顔に、僕は少し得意になり胸を張った。

頼りない古びたベンチの端っこで、僕はできるだけ小さくなりながら卵焼きを口に放りこむ。

卵焼きの出汁がききすぎて少し焦げているのはいつものことだ。せっかちで大雑把な姉の料理は、卵焼きに限らず毎回わずかに難がある。だとしても、僕も父も文句は言わない。

誰にでも触れて良いことと悪いことがある。一番近しい家族だからこそ、その辺の気遣いは大切だ。

「蓮くん、食べにくくない？　もっとこっち来ていいよ」

美晴が手招きをするように自分の隣をトントン叩いたが、僕は首を横に振る。

「いや、僕はここで大丈夫。気にしないで」

「気になるよ。蓮くん背が高いのに、そんな隅で小さくなって食べるなんて不自然でしょ」

花壇の前に一年中置かれているベンチに僕らは来ていた。そこに僕、美晴、北見さんと並んで座り、それぞれ弁当を食べている。

美晴を真ん中にすれば、僕が彼女に話しかけても周りからは北見さんに話しかけているように見えるだろうと、美晴が言ったのだ。確かにそうなのだが、それはそれで問題がある。

「一緒に食べようって言い出しておいてなんだけど、僕と弁当を食べているところを見られて北見さんは困らない？」

さっきから校舎の窓の向こう、一階の廊下を歩く生徒が時折こちらをちらちら見ながら通り過ぎていくのだ。

このベンチは普段、女子のグループが使っていることが多い。あとはたまにカップルが人目も憚《はばか》らずイチャイチャしていることもある。いまの僕らはまさにそういう風に見られているのではないだろうか。

何せもう、美晴の姿が見える生徒はこの学校にいないのだ。他の人間には、ベンチに不自然に間を空けて座る僕と北見さんのふたりしか見えていない。

「私は別に気にしないです。桧山先輩が嫌なら、場所変えますか?」

「い、いや。北見さんが気にしないならいいんだ……」

おっとりした雰囲気の子かと思いきや、なかなか肝が据わっているというか、芯があるというか。美晴もそういうところがあるので、剣道は人の心も鍛えるのかもしれない。

きっと僕は肉体的にも精神的にも、横にいる後輩の女子ふたりより弱いのだろう。

「気にはしませんけど、ちょっと悪いなとは思ってます」

「悪いなって、僕に?」

僕が聞き返すと、美晴が北見さんを睨んだ。

「奈々」

「あ。ごめん」

美晴と北見さんは何か目だけで会話していて、僕は蚊帳《かや》の外だ。疎外感がすごいが、彼女が自然体で楽しそうなのでよしとする。

「でも蓮くん、いきなり奈々に話しかけるからびっくりしたよ」

「私も驚きました。美晴に先輩の話は聞いたことがありましたけど、直接話したことはなかったし」

僕は少し気まずく思いながら、頭をかいた。

「うん。僕も自分でびっくりしてる。勢いで話しかけて上手くいったからいいけど、失敗してたらかなり馴れ馴れしい男になるところだった」

「蓮くんってぼんやりしてるように見えて、勢いで動くところあるもんね」

美晴はやれやれといった風にため息をつく。

そうか、僕はぼんやりしているように見えるのか。まあしゃっきりとはしていないのは確かだ。頭はいつも寝癖だらけだし、猫背ぎみだし。通知表にもよく〝気合が足りない〟と書かれていた。

わりとやる気に満ちている時でも「つまらなそうだね」と言われるのは、やはり僕に問題があるからなのだろう。

「美晴が窓ガラス割ったり、色々試していたようだから、僕も試してみようと思ったんだ。美晴ひとりだと認識しにくいけど、僕という存在をくっつけることで多少認識しやすくなるんじゃないかって」

「蓮くん頭いい！　小さい頃から賢かったもんね。さすが、頼りになるなあ」

「っていうか窓ガラスって、昨日割れた化学準備室の窓ガラスのこと？　あれって美晴が割ったの？」

「あ……まあ、うん。実は」

しまった、という顔をした美晴に、北見さんは目と同じく垂れぎみの眉をつり上げた。

「無茶しないでよ！　ケガしたらどうするの！」

「大丈夫だって。誰もケガしないよう気をつけたから」

「たまたまでしょ！　それで大ケガでもしたら、いったい誰が治療するの？　命に関わることだってわかってる⁉」

「わ、わかってるよ。ごめんって。そんなに怒らないでよ、奈々」

ふたりのやり取りを、僕は面白く眺めた。

あの茅部美晴が叱られている。美晴はしっかり者の長女と僕も彼女の家族も思っていて、学校でもそういう立ち位置だった。そんな美晴を対等な立場で心配し、叱っている北見さんは、確かに彼女の唯一無二の親友なのだろう。

常に周りにちやほやされている美晴にとって、北見さんのような存在は貴重で特別だったはずだ。

「それに窓ガラスを割ったから、蓮くんが話しかけてくれたんだよ。結果オーライでしょ？」

「それは良かったと思うけど。でももう二度とそんな危ないことはしないでよ？」

親友の言葉に、美晴は神妙な顔をして頭を下げた。

「はい、奈々様。約束します」

「よろしい……桧山先輩」

「えっ。あ、はい。なんでしょう」

北見さんに真剣な目を向けられて、僕は慌てて姿勢を正す。美晴につられて僕もなぜか敬語になってしまった。

「美晴に声をかけてくれて、本当にありがとうございます」

「あ、いえ。とんでもない。こちらこそ……？」

「やめてよ奈々。蓮くんが戸惑ってる」

恥ずかしそうな美晴に、北見さんは「大事なことでしょ」と言い返す。

「いま美晴のことが一番見えてるのは桧山先輩なんだから。美晴に何かあった時、頼れるのは桧山先輩しかいないんだよ？」

北見さんは美晴に言い聞かせるように言うが、僕は戸惑いぎみに口を開く。

「いや、あの、僕に何ができるのかはまだよくわかっていないし、そんなに全面的に信頼されても期待に応《こた》えられるかどうか……」

「先輩もしっかりしてください！　そんなに弱気じゃ、美晴も私も不安になるじゃないですか！」

もっともなことを言われ、僕は素直に「すみません」と頭を下げた。

確かに現時点で美晴をはっきり認識できているのは僕しかいないうえに、一応ふたりより年上なのだ。しっかりしなければ。

本当に、どうして僕だったのだろう。

「桧山先輩には、美晴の姿はずっと見えていたんですか？　それとも窓を割った時にだけ、急に見えたとか？」

「いや、たぶん見えてたよ、ずっと」

たぶん、とつけたのは体裁を気にしただけだ。僕が毎朝登校する美晴をこっそりスケッチしていたり、校内で見かければ目に焼きつけるように観察していたりしたことを知られたら、信頼も一気に崩れ去るだろう。

「見えなくなるペースも人によってまちまちみたいなんですよね。何か法則があるのかな……」

考え込む北見さんに、僕はずっと気になっていたことを尋ねてみることにした。

「あの、変なことというか、嫌なことを聞いてもいいかな。答えたくないなら答えなくてもいいから」

「はあ。なんですか？」

「見えなくなるっていうのは、具体的にどういう感じなの？」

美晴に対して無反応な人たちが実際にいることはわかっている。けれど〝見えない〟という状態がどういうものなのか、僕にはよくわからないままだった。

美晴もハッとしたように北見さんを見た。

「そういえば、あんまり詳しく聞いたことなかったよね」

「そうだね……信じられなかったし、信じたくなかったからかな。悲しくて目をそらしてたら、その間にどんどん見えなくなっていっちゃった。最初からこうして、ちゃんと向き合えばよかった。ごめんね、美晴」

北見さんは後悔でいっぱいな顔をして頭を下げた。

「奈々。謝らないでって前に言ったの、忘れちゃった？」

「そうだった、つい。謝るよりもやらなくちゃいけないこと、あるもんね」

笑い合うふたりが眩しい。強い絆で結ばれているのがよくわかる。

僕にはそうなりたい相手も、そういう相手がほしいという願望もないが、少しだけ憧れみたいなものを感じた。すべてをさらけ出せるほど信頼できる相手がいるというのは、どれだけ心地好いのだろうか。

寂しいわけではない。好きでひとりでいることが多い。それでも彼女たちを眩しく感じるのは、そういうことなのかもしれない。

絶対に嫌われない、否定されない。そんな相手がいれば、僕のちっとも成長しない絵も少しは変わるのだろうか。

そんなことを考えていると、北見さんが僕の質問にぽつりぽつりと、答えはじめる。

「なんて言ったらいいのか……透けるというか、周囲に溶けるというか。輪郭《りんかく》が消えていく、みたいな。すみません、上手く表現できないんですけど」

「いや。なんとなくだけど想像できるよ。いまも美晴がそう見えてる？」

「いまは、レースのカーテンくらいの感じで美晴の向こうが透けて見えますね。触れるし、こんなにはっきり見えるのは久しぶりな気がします」

嬉しそうに言って、北見さんが美晴の手を取る。

レースのカーテンがはっきりと評されるくらいなのか、と僕は内心で戦慄《せんりつ》した。数ヶ月後には、僕の目にも美晴の姿がそう映るようになるかもしれない。

それでも僕は、彼女を描けるのだろうか。

「でも、いまこうして見えていても、離れるとダメなんです。離れた途端どんどん見えなくなって、美晴の存在自体が頭から消えてしまうんです。少し前までは、一晩寝て起きたらもうわからなくなっているって感じだったと思うんですけど、いまは授業をひとつ受けている間に……」

たった五十分も持たないということか。それはとんでもない強制力だ。彼女たちが悲観に暮れるのも頷ける。

「そうか。ありがとう。言いにくいことを教えてくれて」

「いえ。私に話せることならなんでも話します。本当はもっと、何かしたいのに」

悔しそうに唇を噛む親友の肩を、美晴が抱いて慰める。

僕はあまり減っていない弁当を横に置き、持ってきていた資料のうちのノートを開いてみせた。

「あるよ、できること。さっきだって、僕を介せば美晴が見えるようになるってわかったのは、北見さんがいてくれたからだ。そうやってなんでもいいから色々試して、上手くいったこと、いかなかったことを書いて突き詰めていこう。大事なことがそこから見えてくるかもしれない」

ファイルにつけていたペンで、ノートの白紙のページに〝第三者の存在を介せば、美晴の存在も認識しやすくなる〟と書き記した。

「蓮くんて、芸術家なのに理数系っぽいね」

美晴が妙に感心したように言った。

「理数系に強い芸術家は多いよ。一見無軌道に引かれた線でも、実は緻密な計算のうえで描かれたものだったり——って、僕はそもそも芸術家じゃ」

「私も思いついたこと、ノートに書き出してみる」

僕の声を遮るように、美晴は宣言した。僕からノートを奪い、僕が書いた下に〝蓮くん、奈々、お母さんの三人に見える。共通点は？〟と書き加えている。

共通点。確かに気になる。年齢も性別も違う。美晴の父親や妹は見えなくなっているのだから、血の繋がりも関係がなさそうだ。ではいったいなんだろう。

「私もやります……でも、たぶんいくら書いても、時間が経つと見えなくなるとは思うんですけど」

難しい顔をする北見さんに、美晴がため息をつき頷いた。

「確かにね。でも私も奈々に話しかけるようにするから、気にしないで」

「美晴……ありがと」

「ちょ、ちょっと待って。書いても見えなくなるってどういうこと？　美晴について書いた文字も消えるってこと?」

　だとしたら、いままで描いてきた僕の絵も?

　慌てる僕に、北見さんは腕を組んで考える。

「これもなんて言ったらいいのか……美晴に関するものはたぶん、全部意識できなくなるんだと思うんです。美晴とのメッセージのやり取りとか、一緒に撮った写真とか、そういうの全部」

　その答えに、僕は顎に手を当てて呟く。

「本当はあるけど、美晴の存在と一緒に認識できなくなるってことか」

「たぶんそうです」

「クラス名簿にも私の名前はまだちゃんとあるんだよ。でも先生たちも、出席確認の時は私の名前を読み飛ばすの。私の席だってあるのに、誰もそれを変だと思わないんだよね」

　それならきっと、美晴の戸籍などの重要書類も存在しているのだろう。だが、あるだけで認識されず、機能しない。データ管理の時代ではあるけれど、結局最終的には人の手で手続きが行われるのだ。

　そこにあるのに、ないものとされる。透明病の行き着く先はどこなのか。誰にも見えなくなり、ひとりきりになって終わるのか。それともその先にまだ、完全な無が待っているのか。

透明と無。似ているようで、まるで違う。どちらがマシかなんて、とても比べられないくらいには。

重い沈黙が流れたあと、スマホを見ていた北見さんが「あっ」と声を上げた。

「ごめん、美晴。今日このあとミーティングあるんだった」

「ああ、部室に集まるの？　だったら急がないと」

「ほんとごめん。桧山先輩もすみません。今日はこれで失礼します」

丁寧に頭を下げられ、僕は慌てて首を横に振る。

「いや。用事があったのに付き合ってくれてありがとう」

北見さんは手早く弁当を片付け、すっくと立ち上がり僕らを見下ろした。と言っても、北見さんは美晴より小柄で、座っている僕ともそれほど目線が変わらなかったが。

「また私、見えなくなっちゃうと思うから、たくさん話しかけてよ？」

北見さんが心配そうに言うと、美晴は笑顔で頷く。

「わかってる。大丈夫だよ」

「桧山先輩も。できる限りでいいので、美晴と一緒に話しかけてもらえませんか。先輩が一緒だと美晴が生き生きして見えるんです」

断る理由はない。後輩のお願いに「君が嫌じゃなければ」と答えると、北見さんは少し笑って校舎に戻っていった。

　走り去る背中を見送りながら、いい子だなと思う。

　いままでは美晴といるところを遠目から見ているだけだった。おっとりというか、ふんわりした印象だったが、とてもしっかりしていた。だが、優しそうという印象は合っていた。

「いい友だちだね」

「うん。自慢の親友なの。大好きなんだ。だから、あんまり邪魔したくないんだけどね」

「邪魔って、どういう？」

「剣道部、大会があっていますごく大事な時期なの。もちろん奈々も、朝も放課後も練習で忙しくしてる。だから私のことで奈々を煩《わずら》わせたくない」

「煩わしいなんて、北見さんは思わないだろ」

　すると美晴はむっと唇を尖らせた。

「わかってるよ。でも私のことを思い出すたび、奈々は傷つくし、悩むし、悲しむでしょ？すごいストレスだと思うんだ。奈々には自分のいまを大事にしてほしいって思うの。大好きだから、そう思うんだよ」

　僕はそれ以上、何も言えなかった。

　美晴の気持ちがわからないわけではない。でもそれで親友と距離を置き、そのまま透明化が進行し、声をかけても認識されなくなってしまってもいいというのだろうか。

それはあまりにも悲しすぎないか。北見さんにとっても、美晴にとっても。

北見さんはその悲しみさえも感じなくなるかもしれないが、美晴の悲しみは消えるどころか、きっと増していくばかりだ。

「奈々と触れ合えて、いっぱい話せて、嬉しかった。蓮くんありがとう」

それは礼を言うよりも、宣言のように僕には聞こえた。静かで寂しい、身勝手な宣言に。

そして僕はその宣言を、肯定も否定もしなかった。できなかった。

「もう、剣道はしないの？」

「打ち合える相手がいないのに？　蓮くんて、残酷なことを言うね」

皮肉な笑いを浮かべる美晴を見て、ようやく自分が無神経な発言をしたことに気付いた。

慌てて「ごめん」と頭を下げる。そういうとこだぞ桧山、という伊達の声が聞こえる気がした。

「冗談だよ。部活の仲間にはとっくに見えなくなってるけど、しばらくは行ってたんだよ？

体育館の隅で素振りをしたり、黙想をしたり。でも、段々どうして自分がそこにいるのかわからなくなって、剣道をする意義はなんなのかとか考えはじめて。そうなるともうダメだった。剣道を続けたいって気持ちがぽっきり折れちゃったの」

美晴は昔からなんでもできる子だった。勉強でもスポーツでも、大抵のことで人並み外れた能力を発揮し、あらゆる分野で結果を出すものだから、天才だ、神童だと騒がれる。その中でも特に非凡な才能を見せたのが、剣道だった。同時に、彼女が夢中になったのも剣道だけだった。剣道は彼女にとって特別なのだ。

剣道をしている君は、きれいだった。

そんな言葉が喉まで出かかったが、音にはならなかった。褒めるつもりが、傷つける結果になるかもしれない。僕はまだ、自分の無神経さを理解していないのだ。

「そういうわけだから、蓮くんといっぱい遊べるよ！」

「遊ぶつもりなのか」

「いいでしょ。透明病について色々調べるついでに、今度デートしよ、デート」

デートってまさか、僕が美晴をエスコートするのだろうか。

生まれてこの方、異性とそういう行為をしたことのない僕にとっては、透明病に立ち向かうのと同じくらい、途方もなく難しい課題だった。

僕が昼休みに後輩女子と一緒に弁当を食べていた、という話は教室に戻る頃には伊達たちの耳に届いていたらしく、どういうことかと問い詰められた。

彼女か、それとも彼女候補かと伊達はしつこく聞いてくるし、二海には「仲間だと思っていたのに」となぜか裏切者扱いされるしで、放課後にはもうぐったりだった。北見さんの方は大丈夫だっただろうか。

だが、そんな話をサイクリングロードを歩きながら美晴にしているうちに、疲れはゆっくりと僕の中から抜けていった。木漏れ日がきらきらと彼女に降り注ぐ様をこんなにも近くで見ることができるなら、僕は無敵になれるかもしれない。

「ねぇ、蓮くん。土曜日って空いてる？　昼休みに言ってたデート、しようよ」

「あれ、本気だったのか。残念だけど土曜日は部活なんだ」

「ええっ？　美術部って土日も部活あるの？　そっか……」

「強制ってわけじゃないんだ。でも僕は受験生だし、なるべく出ておかないと」

「やっぱり蓮くん、美大に行くの？」

美晴に顔をのぞきこまれ、僕はさりげなく目をそらす。

「さあ。どうだろう……」

姉の百音は大反対している。寡黙《かもく》な父は何も言わない。基本的に放任主義だが、姉に遠慮しているのかもしれないし、何か思うところがあるのかもしれない。そうだとしても、絶対に口にしないので結局はわからないのだが。

美術部顧問の八雲先生に言われたことを思い出す。

『桧山くんは、本当に美大に行きたいと思ってる？』

誰も僕が美大に行くことを望んではいない。僕自身でさえも、望んでいるのかわからない始末。

僕はいったい僕をどうしたいのだろうか。

黙ってしまった僕に、美晴がさらに尋ねてくる。

「蓮くんの絵、見たいな。いい？」

「え？　見たいって、いま？」

「学校に飾られてるのは何度も見てるし、他のも見てみたいの。家にもあるんでしょ？　見たいなあ」

「いや、家のはちょっと……」

ちょっとというか、だいぶ、かなりまずい。なぜならあの薄暗い部屋に置いてあるのは、美晴を描いたものばかりだから。

壁と言わず、天井にまで貼られ、床にもところ狭しと積まれ並べられた自分の絵姿を見たら、彼女はどんな反応をするだろう。縁を切られるまではいかないかもしれないが、気持ち悪がられるのは必至だ。

「えー。前はよく見せてくれたのに。ダメ?」

「年頃の女の子が男の部屋にほいほい上がるのは、よくないと思う」

「蓮くんだって昨日、私の部屋に入った癖に」

不満げな美晴をなんとかなだめているうちに、お互いの家の前に着いた。ふてくされたような顔の彼女に「何かあればいつでも呼んで」と言うと、多少機嫌が直ったのか笑顔で手を振ってくれた。

それぞれ左右の土手を上って、彼女が家に入るのを見届けてから、僕も奥の勝手口に向かおうとした。だが店の入り口から「ふざけないで!」という姉の怒声が響いてきたので、慌てて中をのぞきこむ。

酒瓶がずらりと並ぶ、薄暗く古くさい店内には、ひどく不似合いな女性の後ろ姿が見えた。真っ白なワンピースをまとい、女優が使っていそうなつばの広い白い帽子をかぶっている。

「……母さん?」

思わずもれた声に、女性が振り返る。

大きなサングラスをかけているが、間違いない。僕が中学に上がる頃に家を出ていった、母の万里《まり》がそこにいた。

赤い爪を飾る指が、もったいぶった仕草でサングラスを外す。とても五十近いとは思えない美貌がそこにはあった。

変わっていない。まるで老いることを忘れてしまったような、作り物めいた顔。爪先から頭のてっぺんまで隙なく磨かれたスタイル。

僕の母は、実の子が母と呼ぶのを躊躇うくらい母親らしさの欠片もない人だった。

「蓮？　大きくなったわね」

柔らかく艶めくような声が僕を呼ぶ。

母の声はこんな音だっただろうか。何せ会うのは約六年ぶりになる。記憶の中の母と目の前にいる母がしっかりと重なるには、もっと時間が必要なようだ。

母が嫣然《えんぜん》と微笑み、ほっそりとした腕を広げながら近づいてくる。

突然の母との再会にどう反応すべきか決めかねていると、姉がカウンターの向こうから「やめて！」と叫んだ。

「蓮！　あんたは裏から家に入ってな！」

「え。いや、でも」

「まあ、ひどいじゃない百音。久しぶりの親子の再会なのよ」

「どの面下げて言ってんの⁉　私たちを捨てたのはあんたなのに！」

震える姉の声が、切れ味の悪いナイフのように鈍《にぶ》く胸にめりこんだ。

捨てられた、と僕らは口にしたことはなかったが、姉もやはりそう感じていたらしい。

母が家を出ていったのは、本当に突然だった。僕らにはなんの説明もなく「元気でね」と軽い調子で手を振ると、そのまま帰ってこなかった。躊躇いや名残惜しさのようなものは一切感じさせない、むしろ自由を得て生き生きと飛び立つ蝶《ちょう》のような最後の姿だった。

母が出ていった時、寡黙な父が「お前たちのせいじゃない。俺のせいだ」と疲れた声で言い、すまんと頭を下げた。そんな父を見て、僕らに言えることは何もなかった。

でも、僕はなんとなくわかっていた。母が出ていったのは僕のせいなのだろうと。

僕は母に脱ぎ捨てられた、抜け殻だったのだ。

「いますぐ出ていって！　顔も見たくない！」

「百音。やめなさい」

低く静かな声が聞こえ、僕はそこでようやく父がいることに気付いた。

カウンターの向こうで、のっそりと熊のような巨体が立ち上がって尋ねる。

「万里。何をしに来たんだ」

「所用で日本に来たから、あなたたちの顔を見ておこうと思っただけよ」

「そうか。来る前に連絡くらいしろ」

「悪かったわ。みんな元気そうでよかった」

母のその言葉に、姉は再び声を荒らげる。

「よかった⁉　勝手にいなくなって、勝手に来て、勝手に安心してんじゃねーよ！」

「百音」

興奮しすぎて口汚くなる姉を、父が諫《いさ》める。姉は呼吸を荒くして、いまにも飛びかからんばかりに母を睨みつけている。

そんな姉の姿を見ていると、僕はどんどん冷静になっていった。姉のような怒りは微塵もわいてこない。

そもそも僕は、母を恨んではいなかった。母がいなくなったことで生まれたのは、寂しさよりも申し訳なさだった。その事実がまた姉や父に申し訳なく、僕は母について口をつぐんだ。

母は人にあまり興味のない人だった。結局は僕が、僕だけが母と似ていたのだろう。

「顔も見たし、行くわ。これ以上嫌われたくないし」

「お前も、元気でやっているのか？」

「ええ。見ての通りよ」

「ならいい」

父の短い言葉に軽く肩をすくめると、母がこちらを向く。

元々長居する気はなかったのだろう。ヒールの高いサンダルをカツンと鳴らし、母が僕の前に立った。

甘ったるく濃厚な香りに一瞬くらりとした。母はすっかり別の世界で生きている人間なのだと思い知る。少なくとも僕らの母であった頃、この人はこんな脳まで溶かしそうな匂いはまとっていなかった。

「さようなら」

僕の脇をすり抜け、母が外へ出る。

残り香が消えても、真っ白なワンピースが視界に焼きついたように離れなかった。

「蓮」

低い声に呼ばれ、ハッと顔を上げる。父が棚から酒の桐箱を出し、紙袋に入れていた。

「持っていってやれ」

太い腕に差し出されたそれを反射で受け取る。姉が「持ってく必要なんてないよ！」と怒鳴ったが、父が顎をしゃくるので、僕はひとつ頷き外へ出た。

左右を見れば、地下鉄の駅がある方向に白い日傘が見えた。小走りでそれを追いかける。

「母さん」

サンダルが足を止める。振り返る日傘の下から、母が僕を見て目を細めた。白い日傘の裏に、生い茂る街路樹の瑞々しい色が映る。

母が好きな画家の代表作に、こんな女性がいた。まるで、その絵からモデルが抜け出したかのような姿に、幻を見ている気分になる。

「蓮？　どうしたの」

「……これ。父さんが」

僕は紙袋をそのまま差し出す。受け取った母は中を見て、懐かしさをその目ににじませた。

「そうだったわ。久しぶりにこれを飲みたいと思ったのよ。ありがとう」

中身は日本酒だ。うちの店のオリジナルで、父が知り合いの酒蔵と作った吟醸酒。その名も〝万里〟。父が母にプロポーズをするために試行錯誤して生み出した、華やかな香りの一品だ。

母は自分のために作られたこの酒を気に入って、父と結婚を決めたらしい。他にも母をイメージした香水だとか、宝石だとかを贈る男は山ほどいたらしいが、日本酒という新しさにやられたようだ。

「駅に行くなら運ぼうか」

「あら、優しい男に育ったのね。でも大丈夫よ。すぐに迎えが来るの」

迎えとは誰のことだろう。若い頃から自由奔放だった母は、実の両親から見放され、絶縁されていた。正月くらいにしか母方の祖父母に会うことはないが、母と仲直りをしたという話は聞いていない。

「海外に住んでるの？」

「ええ。ヨーロッパを転々としているの。フランスでギャラリーオーナーと知り合ってね。才能ある芸術家の発掘を手伝ってる。毎日新しい感性と触れ合える、なかなか素敵な生活よ」

つまりそのギャラリーオーナーと恋仲だということなのだろう。結婚すればさすがに知らせてくる気もするが、ほぼ事実婚と見た。

結婚しても、出産しても、まるで所帯じみることなく若々しく美しくあった母。若い頃は随分と浮名をはせたらしい。母のそういった部分を姉はとても嫌悪しているが、僕はあまり気にならなかった。母が幸せなら、それでいいのだと思う。

「蓮も来る？」

「……え？」

「私と一緒に来る？　まだ絵、描いてるんでしょう？」

嫌な感じで心臓が跳ねた。長いまつ毛に縁どられた琥珀《こはく》のような瞳に見つめられると、心の奥の奥まで見透かされそうで、僕はすぐに目をそらした。

僕に絵を教えたのは母だった。教えたというよりもすすめた、もしくは絵を描くよう仕向けたと言った方が正しいかもしれない。

僕の部屋にあるたくさんの画集は母に買い与えられたもので、誕生日やクリスマスには新しい画材をプレゼントされた。母と過ごす時は、画集を開き、説明書きの読み聞かせを受けていた。

絵本の代わりに画集を読む。変わっているのは確かだが、僕はその時間が好きだった。ふたりで美術館にも行ったし、母をモデルに絵を描くこともあった。姉が芸術方面にまるで興味を示さなかったせいか、僕が絵を描くと母は本当に喜び、褒めてくれた。

『あなたには才能があるわ。ねぇ、蓮。絵を描くのは好き？』

母にそう聞かれるたび、僕は好きだと答えていた。そう言えば母が嬉しそうにしてくれるとわかっていたし、昔は純粋に描くことが好きで楽しんでいた。

いま考えると、母がいたから僕は絵を楽しいと感じていたのかもしれない。

愛されていると思っていた。だが、母が本当に愛していたのは芸術だった。

僕に才能がないと気付き、母は家を出ていったのだろう。僕はそう思っている。

それなのに、僕はまだ絵を描いている。なぜ描くのか、何を描くべきなのかもわからないまま、それでも筆を置けずキャンバスにしがみついている。

「私、しばらく日本にいるのよ。その間に一度、あなたの絵を見せてちょうだいね」

僕の返事を聞くことなく、母はくるりと背を向け去っていった。

夏に溶けるように、陽炎《かげろう》の中に消えた母。僕はしばらくその場から動くことができなかった。

◆

僕は差し出された封筒を見て、それを持つ美晴を見た。

母が家に来た翌日も、僕はいつも通り学校に向かっていた。

しかし、通学路の途中にある郵便局の前で不意に立ち止まった美晴を振り返ると、なんの変哲もない白い封筒を差し出されたのだ。

「……何？」

「手紙。そこのポストに入れて？」

そこの、と言われた郵便局前のポストを見る。

赤いポストは黙って成り行きを見守っていた。

「どうして僕が？」

「私が入れたんじゃ、届かない可能性があるでしょ？　これも実験だよ、実験」

誰かに手紙を書いたということか。でもいったい誰に？

気になったが、試してみる価値のある行為だとは思う。北見さんは美晴からのメールを認識できないと言っていた。手紙ならどうなるのだろう。果たして配達員に認識され、宛先に無事届くのだろうか。ポストの底や、郵便局内の片隅に置き去りにされる可能性の方が高い気はするが。

「僕がポストに入れるだけで変わるかな……」

「あ。ちょっと待って」

なぜか美晴はハンカチを出し、僕に手渡してきた。これで手紙を挟むように持てと言う。

「なんのために？」

「いいから。これも実験だよ。でも宛先は見ちゃダメだからね」

もしかして僕宛てだろうか。

少し期待しながら、彼女に言われるままポストに手紙を入れた。妙に美晴の機嫌が良いことを不思議に思いはしたものの、何も疑うことなくそのまま彼女と登校した。

朝のホームルームの時間、忘れないうちにノートに〝美晴が書いた手紙を、僕がポストに投函《とうかん》する→結果は？〟と書きこんだ。

◆

次の日、午後の授業が始まる時間になってもなかなか担当教師が訪れない教室は、ざわついていた。どうやら他のクラスも教師が来ていないらしい。

廊下に出る生徒がちらほら現れはじめた頃、担任が慌てた様子で教室に駆けこんできた。

「全員帰る仕度をして、すみやかに校庭に移動しなさい」

「えー。授業変更？」

「何かあったんですか、先生」

クラスメイトの何人かが担任に尋ねたが、担任はそれどころではないようで「ちょっとな」と流し生徒の人数を確認している。

「全校生徒が揃ってから、校長から詳しい説明がある。とにかくまずは仕度をして移動だ。すぐに廊下に並んでくれ」

担任が強く手を叩くと、だらだらとクラスメイトたちが動き出した。「早くしろ！」と担任がせっついてくるので、教室に段々と緊張が走りはじめる。

「何かあったのかな？」

早くも荷物をまとめたらしい二海が、好奇心に目を輝かせ寄ってきた。僕も荷物をまとめ終え「さあ」と首を傾げながら立ち上がる。するとうきうきした様子の伊達も近づいてきた。

「これって残りの授業ナシになったたっつーことだよな？　ラッキー」

「ということは、部活もナシになるのか」

僕が呟くと、二海がわくわくしたように言う。

「そうじゃない？　とりあえず廊下に出ようか。何が起きたのかなあ。事件かな、事故かな」

「なんでもいいさ。今日このあと女子大生と会う予定なんだ。家帰って着替える時間できたな」

相変わらずの伊達に、僕は呆れながら尋ねる。

「この前は他校の女子と遊ぶって言ってなかったか」

「遊び相手はたくさんいるに越したことはないだろうが」

クズだなあと笑った二海を、伊達が小突く。

そうやってふざけ合いながら移動した校庭で、まさか校長の口から学校に爆破予告があったと聞かされるとは、想像もしていなかった。

校庭に整列した全校生徒を前に、小太りな校長は必死にハンカチで汗を拭《ぬぐ》いながら、これから警察が校内を調べることになった、明日も臨時休校になる可能性があるとマイクを通し僕らに伝える。生徒のざわめきは大きくなるばかりで、そのうち校長の声が聞き取れなくなり、いつの間にか話は終わっていた。

三年から順に校庭を出ていく。不安そうな顔の生徒はほとんどいなかった。下級生は伊達と同じく喜んでいる生徒が多いようだ。三年は受験があるためか、迷惑そうな顔が目立つ。僕も一応受験生だが、迷惑ともラッキーとも思わなかった。ただ、少しほっとしている。いま八雲先生の前で絵を描くのは、正直気が重かったのだ。

伊達はデートのためにさっさと帰っていった。二海はオカルト研究部のメンバーと合流するため別れた。そうして僕がひとりになって校門を出たところで「蓮くん！」と明るい声に呼び止められる。

思った通り、校門の陰に隠れるようにして、美晴がニヤニヤ笑っていた。

「まさか、昨日の手紙って」

嫌な予感を覚えた僕が尋ねるよりも早く、美晴が答えを口にする。

「正解！　こんなに上手くいくなんて、ほんとびっくり」

「あれ、届いたのか……」

暑さのせいではなく目眩《めまい》がした。

爆破予告って、犯罪じゃないか。確か威力業務妨害《いりょくぎょうむぼうがい》だったか。

ポストに手紙を入れただけとはいえ、犯罪の片棒を担いだという事実に一瞬頭が真っ白になる。

「捕まったらどうするんだよ」

「見えないのに捕まると思う？」

「……待てよ。誰も君を認識できないということは、爆破予告をしたのは手紙をポストに入れた僕ってことになるんじゃ？」

呆然とする僕に、美晴はなんてことないようにからりと笑った。

「どう？　爆破予告の犯人になった気分は」

まったくシャレにならない。僕の幼なじみはなんてことをしでかしてくれたのか。

「実験成功だね。中身は直筆じゃなくて、新聞やチラシの文字を切り貼りしたの。ちょっと面倒だったけど、やった甲斐があったなあ」

「それって、まるっきり怪文書じゃないか」

「あ。でも蓮くんがポストに入れてくれなかったら、学校には届かなかったと思うよ。前に家族宛てに出したら届かなかったし」

「なんのフォローにもなってない。僕が捕まったらどうしてくれるんだ……」

「大丈夫だって！　私の指紋はべたべたついてるけど、蓮くんの指紋は絶対に検出されないし」

昨日、ハンカチで手紙を挟んだ美晴の行動を思い出し、目眩だけでなく頭痛までしてくる。

まさかあれがこんな事態に繋がるとは想像もしていなかった。

大胆すぎる美晴に驚きはしたものの、これくらいのことをしないと何も変えられないのかもしれないなと自分を納得させた。納得したふりでもしないと、やっていられない。

頭の中でノートを開き〝美晴が書いた手紙を、僕がポストに投函する↓結果は？〟の？の部分を〝配達されてしまった〟と書きかえた。

「それで、これからどうするつもりなんだ？」

警察に自首でもするつもりだろうか。しかし美晴の答えは、まったく別のところから現れた。

「もちろん、デートしに行こう！」

係員のおじさんに、ものすごく怪訝な顔をされた。

僕はそれに気付かないふりをして小銭を出す。

「本当にひとりで乗るのかい？」

念を押すように聞いてくるおじさんの視線の先には、池に浮かぶ白いボート。僕は肯定も否定もできず「はあ」と曖昧に答えるしかなかった。

学校を出た僕らが来たのは、このあたりで一番大きな公園だった。野球場やテニスコートなどのスポーツ施設や大型遊具のある子どもの遊び場、ウォーキングコースまである総合公園だ。公園の中央には広い池があり、手漕《てこ》ぎの貸しボートが用意されている。このボートに乗りたいと言い出したのは美晴だった。

僕が先に真っ白なボートに乗り、ぐらぐらと不安定に揺れる足場を心許なく感じながら美晴に向かって手を伸ばす。彼女は躊躇うことなく僕の手を取り、軽くジャンプしてボートに飛び乗った。

「お、おい。揺らすなよ」

「けっこう揺れるね！　私、こういうボートはじめて乗った」

「僕だってはじめてだよ……」

はしゃぐ美晴に力なく返事をする僕を、ボートを押さえていたおじさんがまた怪訝な顔をして見ていたが、やっぱりそれには気付かないふりをしてオールを漕ぎはじめた。

ボートに乗るのもはじめてなら、オールを漕ぐのだってはじめてだ。僕ら以外にボートに乗る人はなく、誰も参考にできない。四苦八苦しながらよたよたとボートを進める僕を、美晴はおかしそうに眺めるだけだ。

「蓮くん、交代しようか？」

「だ、大丈夫。ちょっと慣れてきた」

半分引きこもりのような生活を送っていた身体は早くも悲鳴を上げている。しかしこれでも一応男なので、美晴にパスするのはさすがに避けたい。たとえ彼女の方が鍛えぬいた身体をしているとしても、だ。

それにしても、オールというものはなんだってこんなに重いんだ。

なんとか船着き場から離れ、周りを見る余裕が出てきた。池の周囲を緑の木々が囲み、鮮やかなそれらが水面に映りこんで見える。しだれ柳もあって、ふと母が好きな画家の作品、睡蓮《すいれん》の池を思い出した。池のそばに咲いているのは、アイリスではなく青い紫陽花だったが。

「美晴はボートに乗りたかったのか？」

「ううん、別に。ただ、デートと言えばボートかなって。だって私たちいま、カップルっぽくない？」

僕はオールを漕ぎながら、内心首を傾げた。

ボートにふたりで乗るとカップルになるなら、自転車にふたり乗りをした方がずっと手軽でよりカップルっぽいのではないだろうか。いや、手を繋いでその辺を歩くだけでも充分な気がする。

でもきっと、それは思ってても口にしてはいけないのだろうなとなんとなくわかった。心の中の伊達が「桧山、そういうとこだぞ」と先に教えてくれるので助かる。

「蓮くんはボートは不満？　でもこれも実験のひとつだと思って、がんばって漕いでね」

美晴は真面目ぶって言うが、僕ははなはだ疑問だ。

「これも実験になるのか」

「ひとりでボートに乗る男子高校生なんて、どう考えても変でしょ？　違和感がすごければ、私の姿も見えるかもしれない」

「いまのところ、違和感がすごいだけみたいだけどね」

係員のおじさんの他にも、若いカップルや親子連れがこちらを指差して笑っているのが見える。彼らの目にはきっと、僕がものすごい変わり者か、ものすごくかわいそうな奴に映っていることだろう。同じ学校の生徒が見当たらないことだけが救いだ。

あとでノートに〝カップルボート、効果なし〟と書き記しておこう。

「ねぇ蓮くん、知ってる？　ここのボート、カップルが乗ると別れるっていうジンクスがあるんだって」

「なんだよそれ。全然デートスポットじゃないじゃないか……」

「本当だと思う？」

試すような視線を正面からよこされ、僕はそれを受け止めるふりをして、頭の中で美晴と白く輝く水面、それから茂る緑と青空を一枚のキャンバスに映した。浮かんだタイトルは、夏の彼女。なんのひねりもない、そのままのタイトルはセンスがいいとは言えないが、それ以上ないようにも思えた。

美晴が一瞬、背景に溶けていきそうに見えた。

まさか、と瞬きし、彼女がきちんと目の前にいることに安堵する。

大丈夫だ。僕は大丈夫。根拠のない自信でもって、そう自分に言い聞かせた。こういうのをなんと言うのだったか。台風などで災害が予測されているのに、自分は大丈夫と考え適切な行動をとらない思考が、一時話題になったことを思い出した。

「……別れるか別れないかは二択だ。つまり五十パーセントの確率でボートに乗ったカップルは別れる。その人たちがボートに乗ったら別れた、と誰かに言う。ボートに乗ったら別れなかった、なんてわざわざ言うカップルはいないだろうから、別れた話だけが広まったんじゃないのかな。乗っても乗らなくても、別れる確率は変わらないけどね」

「そういう答えを期待してたんじゃないんだけどなあ」

呆れたような美晴の言葉のあと、僕の中の伊達が「桧山、そういうとこだぞ」と口にした。

今度は少し遅かった。僕の中の友人はあまり当てにしてはいけないらしい。

「でも、ちょっと元気出てきたかな？」

「誰が？　僕が？」

「じゃあ、次はどこに行こうか。あっ、そろそろ時間じゃない？　蓮くん、バックバック！」

「まだ行くのか。いや、それよりバックってどうやるんだ？」

早く、と急かされて、バシャバシャとみっともない水しぶきを上げながら、なんとかボートを船着き場に戻した。係員のおじさんの僕を見る目が憐《あわ》れみに満ちていた。

本当に、これのどこがデートなのだろう。


僕は映画を観る時は大抵ひとりだ。ひとりで観て、余韻の中帰路につき、家に帰って絵を描く。その時に描いた絵は、少し映画の色が表れているような気もする。

だが絶対にひとりがいいというわけではないので、前に二海に誘われてふたりで観に行ったこともある。オカルト話が題材の映画だった。映画を観たあとは、ハンバーガーを買って食べながら映画の感想を語った。まあ語っていたのはほぼ二海で、僕は興奮冷めやらぬ様子の友人の話に、ひたすら相槌を打っていただけだったのだが。

そういうわけなので、僕は映画は大抵普通のシートで観る。席は中段あたりが多い。後ろに人がいたら、腰がずり落ちたような体勢で座る。無駄に伸びてしまった背を邪魔に思うのは、もっぱら映画を観る時だ。

とにかく席を取る時は、後ろが埋まっていない、人の邪魔にならない普通のシートを選ぶ。間違ってもペアシートなんてものは取らない。たぶん一生取ることはなかったはずだ。

「蓮くんてば、まだ怒ってるの？」

顔をのぞきこんでくる美晴を避けるように、彼女と反対側にあるひじかけに寄りかかる。

今日はじめて知ったが、ペアシートはふたりがけソファーのようなもので、ふたりの間にひじかけがない。つまり隔たりがなく、距離が近く感じるようにできているのだ。

落ち着かなさを誤魔化すために、僕はさっきからコーラを飲んでばかりいる。まだ映画が始まってもいないのに、トイレに行きたくなってきた。

「別に怒ってないよ」

「うそ、怒ってる。やっぱり人が多いと恥ずかしい？」

「恥ずかしくないとは言わないけど、怒ってはいないって」

平日といえど、話題の恋愛映画だからかシートは次々と埋まっていく。近くを通りかかった客がペアシートに座る僕を見て、ギョッとした顔になったり、一緒にいる友人とひそひそ言い合いながら自分たちの席へと向かったりする姿ももう見飽きてしまった。

どうやらペアシートに僕と座っていても、ボートの時と同じく美晴の姿は誰にも見えていないらしい。つまり僕は、ひとりでペアシートに座るかわいそうな男子学生として周囲の目に映っているということだ。

「堂々とペアシートに座る蓮くん、かっこいいよ」

「堂々と座ってるつもりはないんだけど。変なフォローはいいから。そろそろ映画、はじまるんじゃないか」

「うん。この映画、すっごく楽しみにしてたんだ。主役の子、私のイチオシ。可愛いうえに、お芝居が本当に上手いんだから」

「へえ。男？　女？」

「まさか蓮くん、この映画の主役が誰か知らないの？　女の子だよ」

あんなにCMで流れているのに、と美晴は言うが、朝のニュースくらいしかテレビを観ない僕がCMなど知るはずがない。が、だったら普段何をしているのだと聞かれても困るので、黙っておいた。

映画がはじまると興奮していた美晴は途端に静かになり、一切僕に話しかけなくなった。ジュースやポップコーンも買ったのに、まったく手をつける様子がない。

あまりに静かすぎて、消えてしまったんじゃないかと途中何度も隣を確認した。

スクリーンの明かりを反射させ、キラキラ輝く瞳は真っすぐ前を向いたまま、瞬きさえ忘れたように動いていなかった。

本当にこの映画を楽しみにしていたんだな、と僕も映画に集中することにした。

前情報のないまま観た映画はそれなりに楽しめた。

内容は幼なじみの高校生が、お互いを特別に想ったまま、しかし結ばれることなく離れ離れになり、大人になって再会するというものだった。だがその時ふたりはそれぞれ恋人がいて、互いに結婚秒読みという状態。それでも気持ちは抑えられず隠れて逢瀬《おうせ》を重ねるものの、結局プラトニックのまま終わる。片方は結婚し、片方は恋人と別れて仕事で海外へ。それぞれの未来へと道を分かち進む純愛ストーリーだった。

悲恋《ひれん》ではあったが爽やかなラストに、あちこちからすすり泣きとともに拍手が響いた。

だが映画を楽しみにしていたはずの美晴は、泣くことも、拍手することもなく、エンドロールが終わっても黙って前を向いていた。

他の客がどんどん席を立ち、僕らが最後の客になっても、彼女は心を抜き取られてしまったかのように、真っ白なスクリーンを見つめ続けていた。

夏の夕方は昼間を背負いこんだように明るい。まだ大丈夫、まだ夜じゃないと、遊びたくて家に帰るのを渋っていた子どもの頃を思い出した。

「蓮くんは映画、楽しめた？」

最寄りの地下鉄の駅を出て、サイクリングロードの横を並んで歩く。歩調がゆっくりなのは、お互い気持ちが子どもの頃に戻っているからだろうか。

「まあまあかな。あんまり恋愛ものって観ないから、新鮮だったよ」

「あのふたり、私たちと同じ幼なじみだったね。私たちとは違って同い年だったけど。どう思った？」

顔をのぞきこんでくる美晴にドキリとしながら、さりげなく視線をそらす。

「どうって……まあ、初恋は実らないってよく聞くし、仕方ないよね」

「そっかあ、仕方ないか」

軽い調子なのにどこか残念そうに聞こえ、横目で美晴の表情を確認する。

彼女も仕方なさそうに笑っていた。僕はもしかしたら、答えを間違えたのかもしれない。

「恋が実らなかった相手って、プラトニックのままの方が引きずったりするのかな」

僕が買ってあげたパンフレットの表紙を見つめ、美晴が呟く。

「どうかな。人によるんじゃないか」

「蓮くんはどう？　プラトニックのままの方が引きずる？　それともそういうことしちゃった方が忘れられなかったりする？」

童貞にはとうてい答えられない質問をされ、僕は素直に「わからない」と答えた。

だって本当にわからないのだから仕方ない。異性と手を繋いだりキスをしたりすることすら、僕にとっては未知の領域だ。想像しようとすると、頭の中にもやがかかる。

僕は当たり障りのない答えを返す。

「でも、そうだな……プラトニックな方が、思い出をきれいなままずっと心にしまっておけるんじゃないかな」

「わあ、さすがアーティスト。詩的な表現」

「からかうなら、もう僕は君の質問には一切答えない」

「怒らないで。からかったんじゃないよ。本当にそう思ったの」

パンフレットにしみじみとした呟きを落とす美晴。

ふと剣道部の主将、高良のことを思い出した。映画の中で結ばれなかったふたりに、自分と高良の姿を重ねたのだろうか。高良は彼女のことをすっかり忘れているようだったが、プラトニックだったのだろうか。

もしかして美晴は、僕を介して高良と話したいなどと考えているのでは。

頼まれた場合、断る理由はない。そう、理由はないのだが、気は進まないだろうなと思う。それでも僕は引き受けるだろう。気は進まずとも、高良と久しぶりに会話するだろう美晴の表情は見てみたい。そして気は進まないまま、僕は絵を描くだろう。

「帰ろうか。もうこんな時間だ」

「うん。あー、楽しかった。学校が休みになってラッキーだったね！」

「どの口が言うんだか……」

「明日は何しようか？　蓮くん、どこか行きたいところある？」

弾む美晴の声に、僕は信じられない気持ちで立ち止まった。

「おいおい。明日って」

「明日もどうせ学校休みになるでしょ？　午前中から動けるよ。のんびりデートできちゃうね」

「なんで明日が休みになるってわかるんだよ」

「だって爆弾なんて仕掛けてないもん。仕掛けてないものが見つかるわけないし、きっと念のために休みにするよ。生徒の安全が第一だもの」

当然だよね、と爆破予告の真犯人は笑った。

足音さえも芸術の一部と化すような感覚に、胸が高揚する。

こんなにも心躍る空間は他にないが、同時に心安らぐ場所でもある。冷静と情熱が上手く溶けあいながら流れているのだ。

美晴の予想通り翌日も休校となり、まだ涼しい午前のうちに、僕らは札幌の南に位置する緑に囲まれた美術館を訪れていた。思い出したのだ。いまここでかなり貴重な展覧会が開かれていることを。印象派の代表画家の作品が日本とアメリカの美術館から、この札幌の美術館に一挙に集められている。

母はきっと、この展覧会のために日本に帰ってきたのだろう。

光溢れる草原の中、こちらを振り返る日傘を差す女性の絵を見て気付いた。この画家は母が特に好み、画集もすり切れるほど一緒に眺めた覚えがある。

「私、美術はてんでダメだけど、この絵は素敵だって思うよ。草の匂いがする風が吹いてきそう」

少し離れて絵を見ていた僕の隣に立ち、美晴がそう呟いた。

母よりも、彼女の方が白いワンピースが似合いそうだ。でも日傘はきっと必要ない。彼女は光の中にいる方が似合っている。

「こういうところ、いままで来たことがなかったけど、けっこう好きかも。もっと早く蓮くんにくっついて来ていればよかった」

声をひそめながら美晴が笑う。

この静かな美術館で、たとえ大声で歌ったとしても彼女の声は誰にも届かないだろうに。

「君はけっこうおてんばだったから、静かにしていなきゃいけないところは避けていただろ」

「そう考えると、私も大人になったのかな。蓮くんは変わってないけど」

「悪かったね、成長してなくて」

「そうじゃなくて、昔から素敵だったたって意味」

はいはい、と美晴をいなし廊下を歩く。途中すれちがった老婦人が僕を不思議そうに見ていた。そろそろひとりごとの多い変人として見られるのにも慣れてきたように思う。

やがて僕らは画家の人生の終わりへとたどり着いた。

息を引き取るまでの三十年、彼《か》の画家が描き続けたのが池に浮かぶ可憐《かれん》な花の連作だった。

その一部の作品たちが、目の前にずらりと飾られている。

「これは……全部同じ景色を描いているの？」

驚いたような美晴の問いに、僕は絵から目を離さず頷く。

「そう。彼は自宅の庭に睡蓮の浮かぶ池を作ったんだ。そして人生の後半をほぼこの花の連作を描くことに費やした」

「いままで色々な人や景色を描いてきたのに、どうしてこの絵ばかり？　なんだか、すごい執念みたいなものを感じるんだけど」

「執念、か。彼はね、晩年、大切な人を次々と亡くすんだ。親友に義理の娘、奥さんに息子。それに自身も絵描きなのに白内障《はくないしょう》を患ってしまう。そういう悲しみや苦しみの中で、創作に没頭した結果なのかもね」

「絵を描くことでつらい現実から逃げていたってこと？」

「どうかな。もちろん純粋に睡蓮に惹《ひ》かれていたのは間違いないよ。そうじゃなきゃ、三十年間で二百点以上の連作は描けない」

「やっぱりすごい執念。でも、なんだろう。心に訴えかけてくる何かがあって、正体はわからないけど……少し痛いような」

そう言うと美晴は口を閉じ、絵に見入っていた。

本当のところは僕にはわからない。彼《か》の画家が僕のように人にあまり興味がない類の人間であったなら、ただただ睡蓮を通じて光を色彩にして描くことを追求していただけかもしれない。だが、若かりし頃に彼が描いていた人物画を見れば、そうでないことは想像できる。

彼《か》の画家が妻を描いた作品は、特に優しく鮮やかに輝いていた。

僕は美晴からも絵からも距離を取り、ひとりで彼《か》の画家の生涯を眺めた。

彼《か》の画家は、僕が知る限り母が最も愛した画家だ。母は僕に絵本を読み聞かせる代わりに画集を見せたが、彼《か》の画家のものが一番多かった記憶がある。『睡蓮』シリーズだけの画集では、その違いを子どもには難しい言葉で語っていた。

そんな記憶の中の絵が、いま僕の前にある。

様々な表情の睡蓮の池が並ぶ様は圧巻だった。季節や時間もひとつひとつ違い、まるで別の人間の目を通して描いたのではと思うようなものまである。彼《か》の画家が人生の後半描き続けた睡蓮は、本当にキャンバスの数だけあった。荒々しくも瑞々しい筆致で描かれた睡蓮と水面の揺らぎ。朝靄《あさもや》の中ぼんやりと浮かぶ草花。暮れなずむ空と柳を映す池。

彼《か》の画家がこの世を去り百年が経とうとしているというのに、彼が描いた絵はいま、僕の目の前で呼吸をしている。叫んでいる。

圧倒的な才能が、僕を押し潰そうと迫ってくる。なすすべもなく、僕は黙って地にひれ伏した。

水の噴き出す音と子どもの笑い声の合間に、車のクラクションが響く。

オフィスビルの立ち並ぶ札幌の中心部を、東西に長く分断するように伸びる大通り公園の噴水で、僕はわかりやすく落ちこんでいた。

観光客や家族連れがちらほらいるが、平日ということもあってか賑やかというほどでもない。昼食をとろうと大通りまで移動してきたが、地下鉄から地上に出たところで噴水を見て、ふらふらと吸い寄せられるようにそばのベンチに座りこんでいた。

癒されたかったのかもしれないな、と時折飛んでくる水しぶきを浴びて思う。

「はい、蓮くん！　じゃがバター」

うなだれる僕に、ふたつじゃがいもが載った白いトレーが差し出された。

皮つきのじゃがいもからは湯気が立ち、ふかしたいも特有の香りを放っている。バターと塩も添えられていて、どちらで食べるか、どちらもつけて食べるか迷うところだ。

「……買えたんだ？」

僕が不思議に思って尋ねると、美晴は胸を張った。

「大丈夫。ちゃーんとお金は置いてきたから」

「黙って取ってきたってことか」

「しょうがないでしょ。蓮くんてば声かけても無反応で、買ってって頼めなかったんだもん」

ぷくりと頬をふくらませながら、美晴が隣に腰かける。

「もしかして、昼めし？」

「焼きとうきびの方が良かった？　でもあれ、たれで手がべとべとになって食べにくいんだよね。子どもの頃、一緒に食べたの覚えてる？」

「覚えてるよ。美晴が汚れた手を噴水で洗ってた」

「うそ！　そんなことしてないよ！」

なんならべとべとになった口の周りも洗っていたし、そのあと美晴が母親の奈津美さんに怒られている場面までしっかり覚えているのだが、彼女がなぜだかいやに恥ずかしそうにしているので言わないでおく。

ホクホクのじゃがいもにバターをつけて、軽く塩を振る。先に食べた美晴が顔をほころばせて「おいしい」と呟いた。その横顔が子どもの頃と変わっていなかったので、僕は笑ってしまいそうになり咳払いで誤魔化す。

「食べないの？　おいしいよ」

「美晴は見かけによらず、けっこう食いしん坊だね」

「えっ。そうかな、普通だと思うけど。女子高生だって食べる時は食べるんだから。スイーツは別腹だし、コンビニ菓子の新商品はチェックするし」

「食べてるならいいんだ。少し痩《や》せたんじゃないかと思っただけだから」

美晴は僕の顔をまじまじと見たあと、ぎこちなく目をそらして「食べてるよ」と言った。

「学校でお弁当食べてるの、見たでしょ？　透明になってもお腹は減るみたい。食べないと死んじゃうもん」

なぜか言い訳でもするように話す美晴。

食べないと死ぬ。その通りだ。人間なのだから当たり前だ。美晴は人間で、普通の女の子で、当たり前に腹は減るし腹が減れば食事をする。眠くなれば寝るし、朝が来れば目覚め学校へ行く。勉強をして、弁当を食べて、以前と変わらない毎日を過ごしている。

けれどもしかしたら、そうすることに疑問を抱きはじめているのかもしれない。疑問というか、そうすることの意味を失いはじめているのか。

「健康ってことだな。もし食べられない時があったら、うちに来ればいいよ」

僕がそう提案すると、美晴は呆れたように僕を見た。

「そんなこと言って、実際作るのは百音さんでしょ？」

「多めに作ってって頼めばいい。成長期の男なんだから、ふたり分くらい食べても変には思われないよ」

「ありがたいけど……蓮くんてば、そんなに背が伸びたのにまだ成長してるの？　二メートル超えちゃうんじゃない？」

「そ、そこまではいかないよ、さすがに」

食べていたいもを噴き出しそうになる僕を見て、美晴は慌ててペットボトルを渡してくれた。ありがたく一気にあおったが、中身は炭酸飲料だったので思いきりむせてしまう。

「炭酸なら炭酸だって言ってくれ！」

咳きこみながらそう怒ると、美晴はなぜかほっとしたような顔をした。

「良かった。ちょっとは元気出た？」

「元気が出たんじゃなく、怒ってるつもりなんだけど」

「だって移動中も蓮くん全然喋んなくなっちゃって、せっかくのデートなのに暗い顔してるんだもん。これでも心配したんだから」

「それは……ごめん」

考えこんだり何かに夢中になると、いつも以上に周りが見えなくなる。

子どもの頃から変わらない自分に嫌気が差す。

「いいよ。このあとパフェご馳走してくれるだけで」

「……奢らせていただきます」

僕が頭を下げると、美晴はわざとらしく鷹揚《おうよう》に頷いた。

「よろしい。どうして落ちこんでたのか、聞いてもいい？」

「別に、たいしたことじゃないよ」

「たいしたことないなら話してくれてもいいでしょ」

なかなか引かない美晴に、僕と同じで変わらないなと思う。多少強引で、頑固。人間、時間が経ってもそう簡単に変わるものではないのかもしれない。

「本当に、特別何かあったわけじゃないんだ。ただ、改めて自分は凡人なんだって思い知っただけで」

「凡人？　蓮くんが？」

信じられないといった目で見られたが、納得いかない。非凡な彼女の目に、僕はどのように映っているのだろう。

「そう。あまりに強い輝きを前にすると、自分の小さな光が見えなくなるんだ」

「また詩的なこと言ってる。つまり蓮くんは、展覧会で観た絵のせいで自信喪失したってこと？」

「……そう言われると、自分がいかに身のほど知らずなのか突きつけられるみたいだ」

「そんなことないんじゃない？　だって私は蓮くんの絵の方が好きだもん」

当たり前だと言わんばかりの美晴に、僕はどう反応していいのかわからなかった。

お世辞には聞こえなかった。聞こえないように言ってくれたのかもしれない。本気だったとしても、それを鵜呑《うの》みにできるほど僕はめでたい人間ではなかった。

「美術2の奴に言われてもな……」

「やだ！　なんで私の美術の成績知ってるの⁉」

「この前自分で言ってたよ」

「そうだっけ？　まあ美術の成績が2でも、あの画家のすごさは伝わったもん。それより素敵だと思った蓮くんの絵は、もっとすごいってことでしょ」

開き直るように言う幼なじみに、つい笑ってしまった。なんで若干えらそうなんだろうか。描いた本人であるはずの僕は、こんなにも自信がないというのに。

「蓮くんも展覧会を開けばいいよ。そうしたら、きっと自分のすごさがわかるんじゃない？」

「バカ言うなよ。無名の学生が描いた絵なんて、誰が観に来るって言うんだ」

「SNSで宣伝したら、絶対バズると思う。フォロワー一気に増えて、お客さんもたくさん来るよ」

「SNSはやってないから、よくわからないんだ。バズるって何？」

無知は恥ではない。素直に尋ねた僕に、美晴は仕方ないなという風に苦笑した。

「やっぱり。蓮くんはやってないんじゃないかなって思ってた。そういうの興味なさそうだもんね。私が代わりにアカウント作って宣伝した方が早いかな」

「やめてくれ。なんか怖い」

「SNSが怖いって、蓮くんお年寄りみたい」

「悪かったな、おじいちゃんで」

「いいじゃん。蓮くんらしいっていうか」

おじいちゃんなのが僕らしいとはどういうことか。そんなに隠居生活を送っているようなイメージなのだろうか。

「だからあのアカウントのこと、気にならなかったんだろうね」

「アカウント?」

食べにくいじゃがバターを上手く口に運びながら、美晴が頷く。

「蓮くんのお友だちがくれたデータ資料の中に、SNSのあるアカウントについての情報があったんだけど、読んだ?」

「ああ……あった気がするけど、よくわからなくて読み飛ばしたような」

「やっぱり。〝REO〟っていうアカウント名でひたすら、弟が透明になっていく、助けてほしいって呟いてるの」

日差しが一瞬、温度を失った気がした。ざわりと全身の肌を冷たい何かが撫でていく。

「弟が透明に? それって――」

「たぶん、私と同じことになった人がいるんだよ」

美晴はバッグからプリントアウトされた資料を取り出した。何日か前に、僕は美晴と情報を共有していた。僕はトレーを置き、資料を受け取る。

「上にいくほど新しい呟きになるから、下から読むの。なんだか自分のことを書かれているみたいで、ぞっとした」

美晴に言われた通り、ＰＣ画面を印刷したらしい資料を下から読んでいく。

弟の様子がおかしい、弟がいじめられているのかもしれない、弟が周囲に無視されているようだ、無視されているのではなく存在を認識されていないのかもしれない――

まさに美晴の現状と同じことが書かれていた。

その後も〝ＲＥＯ〟の悲痛な呟きは続く。

とうとう両親も弟なんてはじめからいない、お前はひとりっ子だろうと言い出した、たまに弟を前にすると意識が遠のくような感覚が現れた、弟がだんだんと薄くなっていく、時々弟を忘れている、忘れていることさえ気付かなくなるのか、嫌だ、許せない、弟はどこへ行ってしまうのか、弟をどこへ連れていこうというのか――

『神様には渡さない』

それが〝ＲＥＯ〟の最後の呟きだった。いまから五年も前の日付だった。

読み終わり、資料を膝に置く。食べたじゃがいもが胃の中で鉛《なまり》に変わったような気分だ。

「確かに美晴の状況とよく似てるけど……変じゃないか？」

「やっぱり蓮くんもそう思う？」

「ああ。だって、どうしてこのアカウントの情報が僕らに認識できるんだ？」

北見さんは美晴からのメッセージを認識できないと言っていた。手紙、写真、何から何までそこに存在していても認識できないのだと。

それなのに、どうしてこんな赤の他人が透明病についてネットに書き連ねたものが、僕らに認識できるのか。そもそもこれを二海がプリントアウトできたというのがすでにおかしい。

「透明病とは無関係ってこと？」

「それにしては、美晴の状況と酷似しすぎてるんだよな……」

「実はこのアカウントへのリプライに、気になるものがいくつかあったんだよね」

「リプライ」

「要は呟きへのコメントのこと。流行《はや》りの二・五次元ですね、とか。斬新な宣伝方法だ、とか。もうこれキャラのｂｏｔで良くない？　とか」

「……ごめん。理解できない単語がいくつかあった気がするんだけど」

日本語の中に時々異世界の言葉のようなものが挟まれていて、脳が処理できなかった。

「うーん、説明が難しいなあ。とにかく、呟きはこんなに切羽詰まってる感じなのに、コメントは面白がってるというか、全然本気にしてなくて。まるで物語の中のことみたいに受け止めてる反応ばっかりなんだよ」

「まあ、それは仕方ないんじゃないかな。透明になっていく、なんて映画やドラマみたいなことを本気で受け止める人間の方がきっと少ないよ」

「そういうのともまた違う気がするんだけどなあ」

「違うって、どういうところが？　……美晴？」

反応がなかったので横を見ると、彼女はなぜか眩しいものを見るような目を、黙ってこちらに向けていた。

だが見ていたのは僕ではなく、僕の向こう側らしい。視線を追うと、見知った顔がふたつ歩いてくるところだった。

剣道部主将の高良と、美晴の親友北見さんだ。

ふたりは私服姿で手こそ繋いではいなかったが、親密と言える距離で笑い合っている。

僕らにはまるで気付くことなく、ふたりは地下鉄の入り口へと消えていった。気まずさを足跡のように残して。

「見た？　あのふたり、いい感じだったね」

ふたりの姿が見えなくなると、美晴はあっけらかんとそう言った。

思っていた反応と違ったので、戸惑いつつもほっとする。

「付き合ってるの？」

「そうなったらいいなあと思ってるんだけど、たぶんまだじゃないかな」

「……僕は、高良は美晴と付き合ってるって噂で聞いたけど」

「その噂は私も知ってる。告白はされたけど、付き合ってないよ。私のことすぐに忘れちゃうような人、振って正解だよね」

なんちゃって、と舌を出して笑う美晴は、無理をしているようには見えない。本当に高良のことはなんとも思っていなかったのだろうか。

「それは冗談として、高良先輩のことは奈々がずっと憧れてたの。でも高良先輩が私に気があるってわかってから、遠慮するようになっちゃって」

「北見さん、いい子だな」

「でしょう。自慢の親友だもん。でもだからこそ、幸せになってほしい。私のことは見えなくなったままの方が、奈々はきっと幸せになれる」

それについては賛成も反対もできず、僕は黙ることにした。

北見さんは高良のことが好きかもしれないが、間違いなく美晴のことも好きで、大切なはずだ。どちらか片方を失うことが本当に幸せなのか、僕にはわからない。

「じゃあ、君が透明病を克服するのは、高良と北見さんが付き合ったあとの方がいいね」

じゃがバターを食べながらの僕の言葉に、美晴は驚いたように目を見開いたあと、泣きそうな顔で笑った。


その後、なかなか訪れない夜を待ち、僕らは学校に忍びこんだ。僕の場合は、忍びこまされた、だが。

夜間警備員はいたが、警察はすでに引き払ったあとらしく、入りこむのはそれほど大変ではなかった。透明化して他者の目には映らない美晴が、警備員が居眠りしているのを確認したり、鍵を拝借したりを率先して——むしろ嬉々としてやってくれたので、簡単だったと言ってもいい。

普段は施錠されている屋上に出ると、夜景と星空が競うように輝いていた。

いつもより近く感じる星を見上げていると、足元では美晴がビニール袋から次々と花火を取り出し並べていく。

「見つかったら本気で怒られるな」

「蓮くんがね」

鼻歌でも歌い出しそうなくらい、美晴はご機嫌だった。

なかなか蝋燭《ろうそく》に火をつけられない彼女に代わり、僕はライターを受け取る。屋上で遮るものがないせいか、少し風がある。身体で風を遮るようにして火をつければ、一発で赤い火が灯った。

「はい。蓮くんも好きなの持って。私のおすすめはこれ。火花が七色に変わるやつ」

すすめられるまま花火を受け取り、同時に火をつける。

小さな火に照らされる美晴の柔らかな表情が、頭の中のキャンバスに焼きついた。

「夏と言えばやっぱり花火だよね。子どもの頃はよく一緒にやったよね、花火」

「ああ……美晴にねずみ花火を投げつけられたこともあったな」

「うそだよ！　そんなことやってない！」

「うん。それはうそ」

騙《だま》された美晴は頬をふくらませ、七色に変わる花火を片手にねずみ花火を探しはじめた。

残念ながらパッケージには入っていなかったらしく、不満そうな彼女の横で、僕はそっと安堵の息をついた。

「ねぇ蓮くん。蓮くんはいま、何か描いてるの？」

「いまは、特に何も。美大の試験対策で絵は描いてるけど、それはあくまで勉強だし。それに……よく、わからなくなって」

「わからないって？」

「自分が、何を描きたいのか」

もっと言うと、描いていいのか。描けるのか。描くべき理由があるのかどうか。

シュウ、と寂しい音とともに、火花が消える。美晴はすぐに新しい花火に火をつけた。僕も一本選び、火をつける。この花火がなくならないと、きっと彼女は帰りたがらないだろう。

「私がなってあげようか」

「美晴が、何になるって？」

「絵のモデル」

唐突にそんなことを言われ、ついむせてしまう。煙のせいにして、顔の前を手であおいだ。

「なんだよ急に」

「迷ったら原点に帰れってよく言うでしょ？　蓮くん、昔はよく私のこと描いてくれてたじゃん」

「昔っていうか――」

いままでも、ほぼ毎日君を描き続けていたのだが。

「だから私を描けば、何かわかるかもしれないよ？」

「それはどうかなあ」

「何？　私じゃ不満？」

「そういうわけじゃないけど」

いまさら美晴を描いて、何かが変わるとは思えない。彼女を描くことは、すでに僕の一部と化しているのだから。

それに美晴と向き合って絵を描く覚悟は、僕にはない。

だが彼女は自分に描く価値はないと勘違いしたのか、それきり怒ったように口を閉ざしてしまった。どう釈明しようか迷っているうちにどんどん花火は減っていき、とうとう締めの線香花火も小さな火花の塊を落としてしまった。

「……終わったな」

「まだ終わってないよ」

返事をしてもらえたことにほっとしていると、美晴はビニール袋から棒のようなものを取り出した。よく見ると、それが彼女の腕ほどの太さがある花火の筒だったので、僕はギョッとした。

「まさか……打ち上げるのか？」

「線香花火の締めも情緒があっていいけど、私は断然、派手な打ち上げ花火で終わらせたい派なんだよね」

そういえば、美晴は小さい頃も打ち上げ花火を奈津美さんにねだっていた。自分で火をつけたいとだだをこねていた記憶もおぼろげながら残っている。大きくなって、打ち上げ花火を自分で買うことも、自分で火をつけることもできるようになった彼女が、やらないわけがなかった。

「普通の花火だけでもいつ見つかるかヒヤヒヤしてたのに、打ち上げ花火なんて上げたら、夜警どころか警察まで乗りこんでくるぞ」

「大丈夫だよ。一発だけだし、上げたらすぐに片付けて撤収すれば平気だって」

「いやいやいや。居眠りしてる夜警さんもさすがに起きるだろうし、まずいって」

「屋上で上げたかどうかなんて、居眠りしてた人はすぐに気付かないよ。ご近所から通報があるかもしれないけど、逃げる時間は充分あると思う。万が一にも蓮くんが捕まらないように、私がフォローするしね」

妙に自信ありげだが、言っていることはめちゃくちゃだ。ついでに僕の人生もめちゃくちゃになる可能性をはらんでいる。

「それは頼もしい限りだね」

美晴は言い出したら聞かないことはわかっていた。説得は諦めるしかない。

とにかく身の安全を第一に、僕は蝋燭の火を消し、手早く後片付けをする。誰かが、僕がここにいたという痕跡は絶対に残せない。

月明かりとスマホのライトだけを頼りに、最終チェックをした。たぶん、きっと、これで大丈夫なはずだ。

「それにさ、私が打ち上げた花火が人に気付かれるかどうかの実験にもなるよね」

「斬新な実験だ」

「あとでノートに書かなきゃね」

美晴は意気揚々と屋上の真ん中に打ち上げ花火の筒を立てた。なぜか三本並んでいる。

さっき一発と言っていたはずだが、僕の聞き間違いだっただろうか。

何を測っているのか知らないが、手元と夜空を交互に見て、ひとり頷いている。そしてライターに火がついた。花火の残骸が入ったビニール袋を握りしめ僕は心の準備をしていたが、なかなか導火線に火がつかない。

「美晴？」

「あのさ、蓮くん。火つけ役代わってくれる？」

「それはいいけど、自分で火をつけたかったんじゃないの？」

「そのつもりだったんだけど、思ってたより花火が大きいんじゃないかなーって……」

つまり、土壇場で怖くなったらしい。そういえば小さい頃も、おばけ屋敷に入れなかったり、雷の音に飛び上がったりしていたなと思い出す。

「なんだよそれ。僕が打ち上げたら実験にならないだろ」

つい笑ってしまって、美晴に「笑うことないじゃん」と怒られる。だがそう言った彼女もまた、笑っていた。

ライターを受け取ると、僕の背中に隠れるようにして美晴が立つ。怖くても、火をつけるところは見たいらしい。美晴によく見えるよう、僕は腕を伸ばす。素早く三本に火をつけて、前のめりになる彼女を押さえるようにして下がった。

大きな破裂音と同時に火の塊が打ち上がり、無数に弾けた。時間差で残りのふたつも打ち上がり、夜空に鮮やかな花が咲いた。オレンジ、白、ピンクと一瞬一瞬で色が変わる。

カスミソウの上に菊の花が咲いたような面白い形の花火は、たった三つでも充分立派で夏の花火の締めにふさわしい。少なくとも僕は、そう思った。

「きれいだったな」

「うん」

「人が来る前に行こう」

役目を終えた筒を回収し、僕らは階段へと向かう。

美晴が花の消えた夜空のキャンバスをいつまでも名残惜し気に見ているものだから、僕は彼女の手を取って、無理やり校舎の中に戻った。

なんとか警備員に見つかることなく学校を脱出した僕らは、手を繋いだままいつもの帰り道を行き、お互いの家の間にあるサイクリングロードで立ち止まった。

美晴の少し冷えた細い手を離しがたく、手を繋いだまま向かい合う。

「花火、楽しかったね。またやろうね」

「ああ。学校以外でならいいよ」

「考えとく。今日はありがとう、蓮くん」

おやすみなさい、と手を振ると、美晴は芝生の土手を駆け上がっていく。

花火の匂いをまとう彼女は新鮮なようでひどく懐かしく、少し切ない気持ちにさせられる。

揺れる彼女の髪の向こうに、星空が透けて見えた気がした。

第三章　英雄の空蝉《うつせみ》

爆弾予告で休みになった日の翌日。

両頬をうっすら赤く腫らした伊達が、机の上に座りながら「あーあ」とぼやいた。朝陽に照らされた伊達の傷んだ髪が、金色にきらりと輝く。

「やっぱ爆弾予告、イタズラだったかあ。ま、そうだよなあ。いっそマジで学校吹き飛ばないかなって期待してたんだけどなあ」

伊達だけでなく、他の生徒も登校してきてはずっとその話題で持ちきりだ。

犯罪の片棒を担いでしまった身としては余計なことを言えないので、相槌を打つにとどめている。非常に胃が痛い。

「まさか爆弾が打ち上げ花火だったとはね。警察はうちの生徒が犯人だって決めつけてるみたいだけど」

二海の言葉に、伊達は「ふーん」とそっけない返事をする。

どうかその犯人像が僕に繋がらないことを祈るばかりだ。

「……というか、伊達はその顔どうしたんだ」

なんとなく答えの予想はついたが、僕が話題をそらすつもりで指摘すると、色男の友人はふたたび「あーあ」とぼやいて空を見上げる。

口をつぐむ伊達の代わりに、二海がそばに来て耳打ちした。

「女子大生と他校の女子の、両方いっぺんにフラれたらしいよ」

「なんでまた」

「この臨時休校中に、狙ってたうちの学校の後輩とデートしてたんだって。そしたら女子大生と他校の女子両方とばったり会っちゃったらしくて」

その場面を想像し、僕と二海はぶるりと震えた。

「そんな恐ろしい偶然があるんだな」

僕が声を震わせると、二海が微妙な顔をした。

「偶然とは限らないんじゃないかなあ」

「もっと怖くなるようなこと言うなよ。で、女子大生と他校の女子にフラれて、引っ叩かれたと。後輩は？」

「付き合ってないからセーフとかなんとか。白い目で見られて置いてかれたうえにメッセージは未読無視らしいけど」

清々しいほどの自業自得だ。よく同時に複数の女子を相手にできるなと、相変わらずの節操のなさに素直に感心したくなる。真似しようとは思わないが。

「フラれて落ちこんでる遊び人は放っておこう。それより桧山に話があるんだ。前に透明病の資料渡しただろ？」

「ああ、ありがとう。助かったよ」

僕が礼を言うと、二海はにこっと幼い子どものように笑う。

「どういたしまして。それで、中に〝ＲＥＯ〟ってＳＮＳアカウントの情報をまとめたデータがあったんだけど、読んだ？　桧山はやってないからわからなかったかな」

ドキリとしたが、表に出ないよう慎重に頷いた。

「いや、読んだよ。弟が透明になっていくっていう」

「そうそう！　そのアカウント、中の人がある小説家らしいってネットに書かれてたの見つけてさ」

「小説家……？」

「調べてみたら、その小説家の作品が人が透明になる病を題材にしたファンタジー小説だったんだよ。けっこう有名で、海外でも出版されてるらしい」

「透明になる病のファンタジー……」

それが本当だとしたら、そのアカウントへのコメントが、〝ＲＥＯ〟の呟きをまるで物語のことのようにとらえているものばかりだったのも頷ける。作品の宣伝の一環だとファンに認識されていたのだろう。

「もしかしたら、その小説が透明病の元ネタかも。で、オカ研の友だちが小説持ってたから借りてきた」

紙袋をどさりと机に置かれ、僕は瞬きした。中をのぞくと、分厚い単行本が何冊か積まれている。シリーズものらしい。

僕は本と二海を交互に見る。

「桧山？」

「あー……ええと、ありがとう。僕が借りていいのか？」

「うん。桧山に貸すって話してあるから。返すのはいつでもいいって」

「悪いな。二海は読んだ？」

「まだ。俺読むの遅いから、桧山のあとにするよ」

にこにこしながら言う二海を、不思議な気持ちで眺める。

二海がこんなに色々してくれるのはなぜだろう。オカルト話ができる仲間が増えて嬉しいからだろうか。

「なんだよ、漫画じゃねぇのかよ。お前ら仮にも受験生の癖に、こんなに本読む時間あんのか？」

ふてくされていた伊達が身を乗り出して本を手に取る。とにかく文句をつけたい気分らしい。

「漫画を読むよりは有意義じゃないかなあ」

「お？　漫画をバカにする気か？　漫画はいまや日本の文化のひとつだぞ」

「はいはい。伊達も読みたいなら素直にそう言えばいいのに」

「誰もそんなこと言ってねぇだろうが」

「仲間はずれみたいで寂しいんでしょ？」

違う！　と伊達が吠えるのを、二海はやはりにこにこしながらあしらっている。それを横目に、僕は紙袋から本を一冊取り出した。

『透明なる世界より』というタイトルで、表紙は鬼気迫る表情の主人公らしき青年と、美しい顔立ちの少年の並ぶ重厚な絵だった。

著者名は、八重津我路《やえづがろ》。重々しい感じがする名前だ。ペンネームだろうか。

この中に透明病を克服するためのヒントがあるかもしれない。

二海は「ゆっくりでいいよ」と言ってくれたが、僕は我慢できずに一時間目の授業中に一巻を開いていた。

その日の昼休み、僕は美晴と昼食をともにするため屋上へ向かったが、扉はもちろんきっちり施錠されていた。さらに、昨日はなかった立ち入り禁止のテープまでドアに貼られていて、花火を上げたのが僕だと判明した時どうなるのだろうと、一瞬気が遠くなった。

ひと気もひと目もない階段の一番上で、僕らは並んで昼食をとることにした。

「これが〝REO〟って人が書いた小説なんだ」

弁当を開けるよりも先に美晴に紙袋を渡して、今朝の二海との会話についても話した。

昨日の今日なので驚いたようだが、彼女は興味深げに単行本を一冊手に取り表紙を眺める。

「ペンネームの〝GARO〟ってアカウント名じゃないんだね」

そう呟く美晴の伏せられたまつ毛を見つめながら、僕は頷いた。

「たぶん、弟の名前なんだと思う。作中の主人公の弟もレオって名前だった」

「もう読んだの？」

「いや……読もうと思ったんだけど。自分がこんなに本を読むのが遅いとは思わなかったよ」

受験生ということもあり、授業中に別の教科の勉強をしたり受験対策本を読んだりしていても、ほとんど注意されることはない。それを利用して今日中に読み終えようと思っていたのだが、午前中で読めたのはたった三十ページほどだった。

正直にそう話すと、美晴は笑いながらも「蓮くんらしいね」と納得していた。

「なんで本を読むのが遅いのが、僕らしいんだよ」

「絵以外に興味がないから。画集以外の本なんて、ほとんど読んだことないでしょ?」

「……教科書は読むよ」

「教科書は本とは言わないいんじゃないかなあ」

美晴はわりと本を読む方だという。ファンタジーというジャンルはあまり読んだことがないので楽しみだとも。

「それなら先に読む? 僕は読むのが遅いから、かなり待つことになると思う」

「うーん。いいよ、蓮くんが先で。一巻を読んだら、すぐ貸してくれる?」

「それは構わないけど、本当にいいの?」

「うん。その時は感想も教えて」

本を袋にそっとしまい、返してくる。

普段通りに見えなくもないが、なんとなく怖いのかもしれないなと思った。

「そういえば、警察から連絡とかこなかった?」

危うく開けようとしていた弁当を落とすところだった。突然なんてことを言うのか。

「もしそうだったら、きっと僕はここにいないな」

「だよね。蓮くんの指紋は残らないようにしたし。私の指紋はドアノブとかにべたべた残したんだけど、やっぱり見つからないみたい。怪文書もそうだったけど、日本の警察もたいしたことないね」

それは日本の警察も心外だろう。証拠があってもそれが認識できないのなら、捕まえようがない。ＦＢＩだってＣＩＡだって、いまの彼女を見つけることは不可能だろう。最新の技術と優秀な捜査官が太刀打ちできないような現象が、美晴の身に起きているのだ。

たまにそのことを彼女自身忘れているのではないかと思うような明るさが、美晴にはあった。

「もっと目立つ場所で目立つことしなきゃダメかあ」

そんな危険な匂いのすることを言うので、僕はギョッとしてしまう。

「もう犯罪まがいのことは――」

「ああ、安心して？　その時は蓮くんに迷惑がかからないようにするから」

「……そんなことを心配してるわけじゃないよ」

しかし、もっと目立つ場所で目立つこと、とは具体的にどういうものだろう。全国生放送の場に乱入して大声で自己紹介するとか。想像するとひどく滑稽《こっけい》だが、成功してしまった場合どうする気でいるのだろうか。

〝剣道小町、テレビデビュー〟の文字が躍る日が来るのかもしれない。めでたいような、そうでもないような。

僕の弁当をのぞきこむ美晴の顔を押しのけながら、とりあえず真面目に本は読もうと決めた。

◆

美晴が朝早く部活の練習に参加することがなくなり、僕と一緒に登校するようになって、毎朝の日課だったスケッチもできなくなってしまった。

その代わり日中たくさん彼女と話すようになり、そんな彼女を思い出しながら夜に描くことが日課になっている。

その日課が美晴に秘密なのは変わらないのだが。

昨日二海に借りてから、丸一日かけて読んだ八重津我路の『透明なる世界より』一巻を、朝生徒玄関で別れる時に美晴に手渡した。彼女は珍しく神妙な顔をして受け取り「どうだった？」とだけ聞いてきた。

「読み物として、普通に面白かったよ」

「そうじゃなくて……」

「まだなんとも……本物かどうかは、美晴の方がわかるんじゃないかな」

僕はそう言ったが、正直期待している自分がいた。

八重津我路は透明病を知っている——と。

小説『透明なる世界より』の始まりはこうだ。主人公の弟を無視する村人が現れ、その人数が徐々に増えていく。弟がどんなイタズラをしても、どんな良い行いをしても、どんなケガをしても、どんなバカげたことをしても、誰の目にもとまらない。誰もが主人公に弟などいないだろうと笑う。主人公以外の家族でさえもだ。レオなんて人間も村にはいない、と。

主人公の隣にレオ本人がいても、皆平気な顔をしてその存在を否定する。

ある日王都から来た神官に弟のことを話すと、それはインビジブルマンシンドロームだと言われる。

古《いにしえ》より復活した邪悪な魔王のせいではないかという神官の言葉を受け、主人公は弟を救うため勇者となって魔王に立ち向かうという物語だ。

僕が一番気になったのは、主人公の弟、レオだ。

レオは幼い頃から聡明で美しく、魔法の才能に恵まれた子どもだった。村では神の子と評判でその噂は王都にまで届き、レオを養子に欲しいという貴族が出るほどだった。

中身は兄思いの優しい普通の少年だが、容姿や頭脳、身体能力、魔法の才能が常人とはかけ離れすぎていて、普通でいることを周りが許さない。そういう特別な存在だ。

まるで美晴のようだと思った。

八重津我路が本当に透明病を題材にしてこの小説を書いていて、モデルが自身の弟であったのなら。

八重津我路の弟も、美晴や小説の中のレオのように、特別な存在だったのだろうか。


「二海。どうやったら八重津我路と話ができると思う?」

自分の教室に入った僕は、朝の挨拶もそこそこに、先に来ていた二海にそう聞いていた。

二海と、それから一緒にいた伊達がそろって「何を言い出すんだこいつ」というような顔をした。

「ええと、小説読んだの? 面白かったから、八重津我路のファンになった?」

二海の問いに、僕は首を横に振る。

「いや。それなりに面白かったけど、ファンになってはいないかな」

「じゃあなんでその作家と話したいんだよ」

なぜか伊達が不機嫌そうな顔で睨んでくる。僕は自分でもはっきりした理由はわからないまま「気になることがあって」とだけ答えた。

「うーん。八重津我路って公式にSNSはしてないんだよね。あの〝REO〟ってアカウントも止まったままだし、八重津我路のものだと決まったわけじゃないしなあ」

「『透明なる世界より』の出版社に電話するのは？」

諦めきれない僕がそう提案すると、二海は困惑顔になる。

「なんて電話するのさ？　八重津我路と話がしたいんですけどって言って、取り次いでくれるとは思えないよ」

「やめとけよ、二海。こいつのわけわからん思いつきに付き合うことねぇって」

吐き捨てるように言うと、伊達はスマホをいじりだした。

どうも今日は機嫌が悪いらしい。伊達は気分屋なので、たびたびこういうことはある。とはいえ、ひょんなことですぐに機嫌が上を向くことも多いので、わざわざ気にはしない。

同じく伊達をスルーした二海が、僕の肩をぽんと叩いてスマホを見せた。

「とりあえず、問い合わせフォームからメールしてみた」

「えっ。もう？」

「『透明なる世界より』についてお聞きしたいことがあるので、著者の八重津我路氏本人か、担当編集者の連絡先を教えていただけませんかって」

仕事が早い。高速で動く二海の指の動きは早すぎて目で追えなかった。女の子に連絡をしている時の伊達の指の動きといい勝負だ。

驚く僕に「桧山はフリック入力とかできなそうだよね」と二海が笑ったが、フリック入力とはなんだと聞くと絶句していた。伊達が「猫に小判、桧山にスマホだな」と言うので上手いと褒めると、なぜか脛《すね》を蹴られた。

強く期待していたわけではないが、結果がわかるとそれなりにがっかりはする。

午前の授業がすべて終わると同時に僕の席に来た二海が、スマホの画面を見せながら肩を落とした。

「やっぱりダメでした」

二海のスマホには出版社からの返事が表示されていた。申し訳ないが作家や編集者の連絡先を教えることはできない。意見や感想を送ってもらえれば、必ず作家と編集者に届くのでそちらで頼む、といった内容だ。

「こんなの当たり前だろ。個人情報の管理に厳しい時代に、ほいほいと個別の連絡先を教える会社があるかよ。すぐに返事くれただけありがたいと思えよ。俺ならあんなメール無視するわ」

伊達は珍しくまだご機嫌斜めな様子で言った。辛辣だが、その言葉は正しい。

だが二海はめげずに「じゃあこういうのは？」と編集部への持ちこみを提案してきた。

「持ちこみって何？」

僕が尋ねると、二海は丁寧に説明してくれる。

「自分が書いた小説を編集部に直接持っていくんだよ。ぜひ読んでくださいって」

「え……僕は小説なんか書けないけど」

「画家の桧山に小説を書けなんて言わないよ。書いた体《てい》で行くんだ」

画家じゃない、と言いながら僕は首を傾げる。

「素人の学生が書いた小説を、いきなり編集者が読んでくれるもの？」

「そうやってプロの小説家になった人はたくさんいるんだから、大丈夫だって。八重津我路の担当編集者に会えるかどうかはわからないけどね。指名ってできるのかな」

「名前も知らないのに？」

「担当編集の名前は三笠保《みかさたもつ》って人らしいよ。ネットに八重津我路と担当編集の三笠保って人の対談記事があったから」

そこまで調べてくれたのかと驚きながら、僕は頷いた。

「じゃあ小説を書いたから三笠という編集者に読んでほしいって、直接言いに行けばいいのか」

「お前らなあ……黙って聞いてりゃ、世間知らずにもほどがあんだろ」

それまでたいして興味のない顔をしていた伊達が、吐き捨てるように言った。

「いまは直接の持ちこみを受け付けてる出版社なんてほぼないんだよ。大手なんか特にそうだ。だいたいはデータで送ってそれで終わり。飛行機乗ってわざわざ東京の出版社に原稿持ちこみなんてしてみろ。受付嬢に鼻で笑われるぞ」

「じゃあどうしたらいいんだよ」

僕が聞き返すと、伊達は聞いたこともないほど重く長いため息をついたあと、ガリガリと頭をかいた。

「俺の親父が前にそこの出版社から本出してんだよ。ツテがないか聞いてやる」

「おお！　持つべきものは友！　良かったね、桧山」

「伊達……いいのか？」

伊達が政治家の息子であることは周知の事実で、そういう面から伊達を持ち上げたりからかったりする人間は男女問わず多い。ノリの良い男なので「二世を目指す」とか「俺の小遣い税金だから」などと応じてはいるが、実は親について言われることを嫌っているのはなんとなく感じていた。

「いいよ。でもお前、上手くその小説家に会えたら、そのあとはちゃんとしろよ」

伊達の言葉の意図が理解できず、僕は首を傾げる。

「ちゃんとって、何を」

「全部だよ。お前最近変だぞ。学校に毎日来るようになったかと思えば、昨日は部活サボるし。何考えてんだか」

気分が乗った時にしか部活に参加しない伊達には言われたくない。が、僕が周りに最近変だと思われていることを知り、少し冷静になった。

「ああ、そっか。伊達は桧山が心配なんだ。だからイライラしてたんだね」

「おい、二海！　心配なんかしてねーわ！　ダチとして忠告してやってんだよ！」

「ほんと、素直じゃないんだから」

僕はふたりに「ありがとう」と言ったのだが、じゃれ合う彼らの耳に届いたかどうか。

何気なく『透明なる世界より』の二巻の表紙を見る。

一巻と同様に主人公とその弟が描かれていたが、弟の身体は二巻にしてすでに半透明になっていた。

◆

人生で乗るのは二度目の飛行機の中、僕はそっと隣をうかがった。

小さな窓から見える空の景色には目もくれず、美晴は本を読みふけっている。読んでいるのはもちろん『透明なる世界より』。二海に借りたシリーズの四巻だ。来週発売される五巻で完結らしい。

実は四巻を彼女に貸したのは、この飛行機に乗ってからだった。渡すかどうか、正直迷った。なぜなら四巻には、インビジブルマンシンドロームになってしまった主人公の弟レオが、まったく出てこないからだ。

三巻の時点ですでに弟の影は薄くなっていた。主人公の目に弟の存在が映らなくなり、存在自体が兄の中から消えていった。三巻の後半ではその描写も詳しく書かれなくなっていて、それが逆に僕にはリアルに感じられゾッとした。

この小説の主人公と作者はイコールだ。主人公が弟のレオを忘れていく過程は、作者の八重津我路が彼の弟を忘れていくそれと同じだったのだろう。たぶん、恐らく。

四巻を読んで僕の中でそれがほぼ確定した。八重津我路には弟がいて、透明病にかかっていた、と。

その弟はいったいどうなったのだろう。『透明なる世界より』の最終巻では、弟は復活するのだろうか。

僕らはこれから、それを確かめに行く。


伊達が「会えるぞ」と突然言ってきたのは、どうやって八重津我路に会うか話をしたわずか二日後だった。

「やっぱ金とコネは使ってなんぼだよな」

驚く僕と二海に、伊達はなんてことないような風を装っていたが、声の調子が得意げで、二海とこっそり顔を見合わせ笑った。

「週明けに約束取りつけたから、行ってこい」

「えっ。行ってこいってまさか、東京に？　伊達と？」

「アホか。何が悲しくて野郎と小旅行しなきゃなんないんだよ。飛行機くらいひとりで乗れんだろうが」

「まあ……たぶん。なんとか」

自信はなかったが、そう言うしかない。

はじめて飛行機に乗ったのは去年の修学旅行だった。よくわからないまま周りに合わせていたら、いつの間にか搭乗していたという記憶しかないのだが、それでも大丈夫だろうか。

「チケットはもう取っといた。俺が八重津なんちゃらのファンだってことにしてあるから、桧山は俺のふりして会えよ」

「そんな無茶な……」

「何が無茶だよ。相手は俺の顔知らねぇんだから、いくらでもなんとかなるだろうが」

どうにも不安は拭えなかったが、伊達がここまでしてくれたのだからと僕も覚悟を決めた。

「ありがとう、伊達」

「別に。さっさと片付けて、終わったら色々ちゃんとしろよ」

「良かったね、桧山。がんばって！」

「うん。二海もありがとう」

友人ふたりのおかげで、透明病の真相に近づいた。僕ひとりでは切れ端をつかむこともできなかっただろう。

北海道にいる友人たちの顔を思い浮かべてから、隣にいる美晴の横顔を盗み見る。表情は固い。だがページをめくる手に迷いや躊躇いはないように思う。

僕が八重津我路に会いに東京へ行くと告げると、彼女は間髪入れず「私も行く」と言った。何かを覚悟したような顔だった。それを見て僕は、失敗したかなと思った。何も言わずにひとりで行けばよかったんじゃないかと後悔したのだ。

もしかしたら東京で、美晴がひどく傷つくことになるかもしれない。僕にはどうにもできない、癒すことなど不可能な傷がつくかもしれない。

そうなった時、何かが決定的に変わるような気がして怖かった。

何か、なんでもいいからとにかく何か情報を東京で手に入れたい。彼女のためにも、自分のためにも。

人の多さと路線の複雑さに無事たどり着くか心配だったが、杞憂だった。いまは案内アプリという便利なものがあるらしい。電話とメッセージのやり取りくらいしかスマホを使っていない僕に代わり、美晴があっさりと誘導してくれて助かった。僕ひとりだったら、確実に迷子になっていただろう。東京は歩くことすら難しい。

待ち合わせ場所に現れた男の顔には、はっきりと「迷惑だ」と書かれていた。他にも「これだからボンボンは」とか「ガキの相手してる暇なんかねぇんだよ」などと書かれている。

まあそうだろうなと、目の前に立つ三十代ほどの男を見て思った。無精で伸ばしたような髪、目の下にクマの浮かんだ疲れのにじむ顔、襟《えり》が妙な方向に立ち上がったシャツ、シワの強くついたズボン。忙しい日々を送っているだろうことは、言葉を交わす前に感じ取れる。

「君が伊達先生の息子さん？」

ジロジロと見てくる不躾《ぶしつけ》な視線に、バレませんようにと願いながら「はじめまして」と頭を下げた。

「伊達之成《ゆきなり》です」

「どうも。私、三笠と申します」

流れるように名刺を差し出され、どぎまぎしながら受け取った。本当に〝書籍編集部　三笠保〟と書かれている。

『透明なる世界より』の担当編集者が目の前にいる。目の前の三笠という男は八重津我路と会い、言葉を交わし、一緒に仕事をしているのだ。

「無理なお願いを聞いていただいて、ありがとうございます」

「いや、うん。確かに無理なお願いだったね。八重津先生は人嫌いなんだ。おまけに出不《でぶ》精《しょう》でね。色々こじつけて、今日外で打ち合わせすることを承諾してもらったけど、本当に大変だったんだよ。機嫌は悪くなるし、散々文句言われるし」

早口で愚痴を言われ、冷や汗をかく。

「すみません……」

「まったくだ。上からの命令だから仕方なく引き受けたけど、もう二度とこういうのはやめてもらいたいね。作家さんて繊細な人が多いんだよ。八重津先生は特にここのところナーバスになってるから、本当は連れていきたくないんだけどねぇ」

歩き出す三笠さんに続きながら、僕はひたすら頭を下げた。三笠さんにも伊達にも、迷惑をかけている自覚はある。それでも僕は、僕らは八重津我路に会わなければいけない。

僕の横で美晴も一緒に頭を下げていた。誰にも見えていないのだから、そうする必要はないのに。

彼女の分の気持ちも伝わるように、僕はさらに深く頭を下げた。

「先生とはすぐ近くのファミレスで会うことになってる。君のことは新しく入ったアシスタントってことにして紹介するから、そういう体でよろしく」

「はあ。アシスタント……見えますかね？」

「大丈夫じゃない？　君タッパあるし、落ち着いてるし。いま高校生だっけ？　とてもそうは見えないよ。言われない？」

「どうでしょう。友だちにはよく陰キャって言われてますけど」

「あー。陰キャとは思わないけど、少し意外ではあったかな。伊達議員の息子さんなら、もっとこう、派手な感じを想像してたから。それこそパリピみたいな……っと、失礼」

「いえ。別に」

本当の息子は概ね三笠さんの想像通りだ。いまごろクラブで知り合ったというＯＬとデートの真っ最中のはず。三人同時にフラれても、あの男はめげることはない。いつだって人生を謳歌している。

「日本語通じない感じの子が来たらどうしようかと思ってたけど、君なら大丈夫だろ。質問するなら何も知らない新人らしく頼むね。そういう方が聞きやすいでしょ」

八重津先生に聞きたいことがあるんだよね？　そう聞かれ、僕は頷きながら「がんばります」と答えた。自分に新人編集アシスタントの演技ができるとはとても思えなかったが、そう言うしかない。

「で、八重津先生に何を聞きたいの？　あ、次回作に関することはＮＧで。いまそれが上手くいかなくてピリピリしてるから」

「はあ。八重津我路先生って、どういう人なんですか」

心の準備をしておこうと質問で返すと、三笠さんは迷うことなく答えた。

「偏屈。頑固。人見知り」

「……大変そうですね」

「まあ、作家なんてみんなどっか難しいところがあるよ。そういうものだと思って接すれば案外平気さ。取り扱いは要注意だけどね。でも私から見ると、君も似たようなところありそうだな」

意味ありげな視線に「僕は凡人です」と淡々と答える。

本物の伊達は実に目立つ男だが、僕は取るに足らない陰キャの学生でしかない。

三笠さんは「そう？」と肩をすくめ、さらに尋ねてくる。

「それで、さっきの質問の答えは？　先生に何を聞きたいの？　今日はわざわざ北海道から出てきたんでしょう？」

「まあ……実は、インビジブルマンシンドロームの元ネタは、都市伝説化している透明病なんじゃないかと思って、そこから八重津先生にたどり着いたんです」

「透明病？　そういう都市伝説があるの？」

「ああ、いや、逆ですね。すみません。透明病の元ネタが、先生の作品の中のインビジブルマンシンドロームなんじゃないかと」

都市伝説についての情報は三笠さんの方には届いていないようだ。これはあのアカウントと小説を結びつけた二海の嗅覚がすごいということだろうか。

三笠さんはいまいちピンと来ていない顔でゆったりと頷いた。

「ふうん。じゃあ、君はその透明病について調べてるわけだ？　何かの研究？」

「研究というか……」

　三笠さんとは逆隣にいる美晴をちらりとうかがう。

「言ってもいいけど、信じてもらえないいんじゃない？」

「わかってるけど、他にどう説明すればいいのかわからないよ」

　普通に美晴と会話した僕に、三笠さんが奇妙なものを見る目を向けた。

「伊達くん？」

「あ、すみません。ええと、実はですね。信じてもらえないでしょうけど、いるんです」

「いるって何が」

「僕の隣に、女の子が」

　三笠さんはまじまじと僕の顔を見たあと、僕の奥に視線を向ける。

「……誰もいないけど」

「いまのところ、僕以外に見える人はいません。彼女の母親と親友は、触って話しかければかろうじて見えるようになるんですけど」

「ははあ。たまにいるよ。君みたいに、僕にもインビジブルマンシンドロームにかかった友だちがいるんです、とか言ってくるファン。先に言っておくけど、そういうの先生すごく嫌うから、やめておいた方がいい。気に入られようとしてるんだろうが、逆効果だ」

ダメダメ、と手を振る三笠さんに、元々話が上手くない自覚のある僕は困り果てた。いったいどう説明すれば信じてもらえるのか、見当もつかない。

「いえ、そういうんじゃなく。僕は特に先生のファンでもないので」

言ってから失礼かなと思ったが、隣から笑い声が上がる。

笑ったのはもちろん三笠さんではなく美晴だ。

「小説家は守備範囲外だしね。蓮くんは画家にしか興味ないし」

「別にそういうわけじゃ」

「実際、小説読むの大変だったんじゃない？　疲れてたもんね」

「……それは否定しないけど」

美晴の方を向いて話していた僕は、もうひとりの存在を思い出し、慌ててそちらを見た。

美晴と会話をする僕を三笠さんは若干引いて見ながらも、どこか面白がるように言う。

「なんか、懐かしいなあ」

「懐かしい？」

「先生もよく、そうやって透明人間と会話してたよ」

僕と美晴は顔を見合わせた。

「八重津先生も？　それ、相手は誰ですか？　もしかして、弟？」

　僕が尋ねると、三笠さんは頷く。

「そうそう。いま横に弟がいるって言って、誰もいない空間に向かって話しかけてるんだよ。それがまた自然でね。全然演技がかって見えないんだ。いまの君みたいに」

　君も八重津先生も演技が上手いようには見えないんだけどねえ。三笠さんはそう、感心した声で続けた。

　間違いない。八重津我路には美晴と同じ透明病の弟がいる。僕ははじめて、透明病という得体の知れない現象のしっぽをつかんだ気がした。

「その弟について先生はなんと言っていましたか？　なんでもいいんです。教えてください」

「そう言われてもなあ。自分以外には見えないとか、こんなに恵まれた弟がどうして理不尽な目に遭わなきゃいけないんだとか」

　僕はいまの三笠さんの言葉に引っかかりを覚えた。

「恵まれた……？」

「え？　ああ、うん。あまり覚えてないけど、とても優秀で自分とは似てないイケメンだって言ってた気がするよ」

「優秀って、弟さんは何かの分野の才能があったんですか？」

「うーん、そうかもしれないけど、忘れちゃったな。とにかく『透明なる世界より』のレオそのままをイメージすればいいんじゃないかな？　実際、先生がそうやって存在しない弟がすぐそばにいるように振る舞っていたのも、執筆のためだったわけだし」

「執筆のため……八重津先生がそう言ってたんですか？」

「そうじゃない？　本人に聞いてみればいい。でもいつからかそういうことはまったくしなくなったから、先生もあまり覚えてないだろうけどね」

やはり八重津我路の弟は、美晴と同じように優秀で美しい人なのだろう。それが透明病に罹患《りかん》する共通条件なのだろうか。

だとしたら、ある分野に秀でている整った容姿の人間を探せば、もっと何かわかるかもしれない。神童と呼ばれる存在は、日本だけでなく世界中にいるはずだ。

八重津我路にたどり着いたのだから、ネットの中から見つけることは不可能じゃない。ただ僕に認識できれば、だが。

「ところで、君の隣にいるっていう女の子はいくつくらいなの？　美人？」

「十七歳の、とてもきれいな子です」

僕の耳打ちに、三笠さんは小さく噴き出し美晴の方を見た。

「私もその美人、見てみたいなあ」

三笠さんが案内してくれたのは、北海道にも店舗のある有名なファミレスだった。出不精の八重津我路がここのあんみつを気に入っていて、唯一外での打ち合わせに応じてくれる貴重な店なのだそうだ。

店に入るなり三笠さんは中をぐるりと見渡した。

「ああ、もう来てるね」

「えっ」

「先生！　お待たせしました」

店員の案内を断って、三笠さんが店の奥へと進む。僕も美晴と目を合わせてから、彼を追った。

窓際の席で身を縮めるようにしてあんみつを食べている男がいた。テーブルの横に立った三笠さんをちらりと見ただけで、食べる手を止める様子はない。

顎《あご》のあたりまで伸びた髪は、いったい何年手入れされていないのだろうというくらいボサボサで、ざんばらだ。僕も人のことは言えないが、あそこまでではない。

三笠さん以上に濃いクマの浮いた目の周りはくぼんでいて、ぎょろりと目玉が飛び出しているように見える。頬はこけ、顔も紙のように白い。首元がよれた大きなTシャツから伸びた腕や首は、病的なまでに細く骨ばっていた。

本当にこの人は生きているのだろうか。ゾンビか何かではと疑いたくなるほど、不健康そうな男。

これが、八重津我路。

「もう食べてましたか。ちゃんと昼食はとりました？　甘いものばっか食べてちゃダメですよ。また倒れられたら私も困りますからね」

「わかってるよ」

ぼそりと短く答えた声は、思ったよりも若かった。

ボサボサの髪には白髪が多く混じり、顔も随分と老けて見えるが、実際は三笠さんより若いくらいなのかもしれない。

三笠さんが席に着く前に、美晴が八重津我路の向かい側に座った。すると三笠さんは自然に八重津我路の隣に座る。

なるほど、意識はできなくても彼女が向かいの席をふさいだから、三笠さんは座れないのか。

そこまで透明病の影響を認識している美晴に驚きながら、僕も彼女の隣に座った。

そうしてはじめて、八重津我路が僕にちらりと視線をよこす。

「……誰？」

「紹介しますね。こちら伊達くん。新しくうちに入った編集アシスタントです。今日は見学というか、編集の仕事を知ってもらうために連れてきました。いいですよね？」

「全然よくない。知らない人と話すの好きじゃないって、言ってるじゃないですか」

ボサボサの髪をかき混ぜるように、八重津我路が頭をかく。

「まあまあ。私もしがないサラリーマンですから、上から新人の面倒を見ろって言われたら無視はできないんですよ。わかってください。もちろん先生のお気持ちだってわかってますよ？　なので見学は今回だけ。今回だけ、我慢してください」

三笠さんがテーブルにぶつける勢いで頭を下げるので、僕も慌ててそれにならう。

八重津我路は渋々といった風に「わかったよ」と、スプーンをくわえながら言った。

「さて、先生。次回作の案、持ってきてくれました？」

「ん。言われた通り三つ」

八重津我路が出したノートを、三笠さんは早速開いて読みはじめる。僕はその間、じっと不健康そうな小説家を観察した。

やはり美晴のことは見えていないらしい。透明病の弟がいる人なら、もしかしたら彼女を認識できるかもしれない。そんな淡い期待があったが、あっさりと否定された。

隣を見ると、美晴も黙って八重津我路を見つめている。声をかけても恐らく彼が反応しないと、彼女もわかっているのだろう。

そうなると僕が話しかけるしかない。聞きたいことはたくさんある。そのために東京まで来たのだ。

「あの……八重津先生」

「何」

「聞きたいことがあるんですけど、いいですか」

「ダメ」

即答か。躊躇いの一切ない答えに怯みそうになる。

だがすかさず三笠さんがノートに目を落としたまま「新人をいじめないでくださいよ、先生」と、とりなしてくれた。

八重津我路は大きなため息をついたものの「どうぞ」と続きをうながした。

「ありがとうございます。あの……八重津先生、SNSをやられていますよね？」

「やってないよ」

「えっ。でもあの、REOって名前のアカウント、あれ先生じゃないんですか？」

「やってるやってる。いや、正確にはやってた、かな。ね、先生」

代わりに三笠さんが答えてくれたが、八重津我路は白玉をスプーンで転がしながら首を横に振る。

「記憶にございません」

「出た出た。これマジで言ってるんだよ。先生わりと忘れっぽくてね。いまだけ見て生きてるって感じだからかなあ。SNSやってる時なんて、すごかったんだよ？　弟が消えていく、誰にも見えなくなってるってノイローゼみたいに騒いでてねえ。ね、先生」

「記憶にございません」

八重津我路はまるで興味がないというように、同じ言葉を繰り返す。

「小説のプロモーションの一環だったはずなのに、まるで『透明なる世界より』の主人公に憑《と》りつかれたみたいになっちゃってさ。精神科に連れてったりもしたんだよ？　でも本人は、俺はまともだ、本当に弟はいるんだ！　って言い張るし、警察を呼ばれたこともあったっけ。ね、先生」

「まったく記憶にございません」

八重津我路の態度は頑なだ。普段からこうなのか、僕がいるからこうなのかは判断できない。とにかく自分のことは話したくないといった感じだ。ハリネズミが丸まってトゲトゲで身を守っているイメージが浮かぶ。

「これだもんなあ。私もノイローゼになりかけたっていうのに。ある日突然ケロッとした顔で、俺はひとりっ子だ。現実と小説を混同するなんてバカバカしいって、逆に私をおかしな奴扱いしてくるんだから」

まあ、SNSで話題になったから結果オーライだけどね。三笠さんはそう苦笑した。

「あの時の先生は鬼気迫るって感じでね。執筆中も、本当に主人公が憑依《ひょうい》してたんじゃないかな。『透明なる世界より』のレオが消えていく過程が、一番情熱的だったね」

感慨深げに話す三笠さんに、八重津我路が白い目を向ける。

「なんですか。三笠さんも、小説がどんどん面白くなくなってるって言いたいの」

「いやいや、そういうわけじゃないですって。先生の熱が冷めていくのと、主人公の弟への想いが薄れていくのが同時でね。それがやけにリアルで、ぞくぞくしましたよ。コアなファンはみんなそう言っているでしょ？」

「コアじゃないファンはどんどん失速していくって言ってるみたいだけどね」

やはりそうなんだな、と僕は八重津我路から汗をかいたグラスに目を移した。

『透明なる世界より』の連載中に、彼の弟は完全に透明になってしまったのだ。目に映らなくなり、記憶からも消えてしまった。皮肉なことに、それが主人公のリアルな心情描写に繋がったのだろう。僕がゾッとしたくらいのリアルさに。

「三笠さん。先生は執筆初期、他にどんなことを言ってましたか？」

　僕の問いに、三笠さんは軽く肩をすくめた。

「どんなことって……先生のアカウント見たんだろ？　あの呟きそのままだよ。あといくつか、心配になるような奇行もあったね」

「奇行、ですか」

「戸籍謄本《こせきとうほん》を取って弟がいる証明だって見せてきたり。まあ先生はひとりっ子だから、弟の記載なんてないんだけどね。でも先生は書いてるって言い張るんだ。雑誌のインタビューでも、いま隣に弟がいる、ツーショットを撮ってくれとカメラマンに頼んではよく困惑されてたなあ。写真には先生ひとりしか写っていないのに、弟も写ってるだろう、この写真を雑誌に載せろとわめいたり、誰もいないのに隣に話しかけて笑ってたり、初対面の相手には必ず見えない弟を紹介したり。まあ色々だよ」

　徹底していた、と三笠さんはどこか懐かしげに語る。段々と自分の目にも八重津の空想の弟レオが見えてくるような気さえした、と。

「スクランブル交差点の中央で、突然弟の自己紹介を叫びはじめたのが一番強烈だったかなあ。ね、先生」

もはや八重津我路は聞こえないとばかりに無反応だ。担当編集者を見ようともしない。かつては透明病になった弟のために必死だったのだろう男が、いまはこうなのだ。弟の存在は妄想、もしくは幻影にすげ替えられ、黒歴史のように蓋をされている。

「先生は透明病……インビジブルマンシンドロームを治す方法とか、話していませんでしたか」

僕が問いかけた途端、三笠さんはぐんと身を引き背もたれに寄りかかった。

「あー。それはあれだよ。来週の新刊を読んでみてくれとしか言えないね」

予想はしていたので「そうですよね」と引き下がった。

グラスの中の白玉を突きながら、八重津我路が口を挟む。

「新人には発売前の本の原稿、読ませてやらないの？」

「新人じゃなくても読ませませんよ。発売前のゲラが読めるのは担当の特権ですからね」

「へえ。三笠さんがそんなに俺の小説を楽しみにしてくれてるとは知らなかったよ」

「先生。言っときますけどね、『透明なる世界より』の最初のファンは私ですよ」

素っ気ない八重津我路に三笠さんは慣れた様子で食ってかかる。ふたりは恐らく、普段もこんな調子なのだろう。

「弟のレオは最後、どうなるんですか」

美晴の凛とした声が八重津我路に真っすぐ問いかけた。

だがあんみつを食べ終え、物足りなそうに空になったガラスの器を見ている小説家は無反応。悔しげに唇を噛みしめる彼女を見て、なんとも言えない気持ちになる。

「……八重津先生。弟のレオは最後、どうなるんですか。助かるんですか」

八重津我路の暗くよどんだ目が、僕をとらえる。

底のない沼に引きずりこもうとするような視線に負けそうになった。だがソファーに置いた僕の手に美晴の柔らかな手が重ねられ、勇気をもらった。

「主人公の前に帰ってくるんですよね?」

さらに問いを重ねた僕を、八重津我路は陰気な表情で見つめ、それからゆっくりと口を開く。

だが答えを聞く前に三笠さんが僕らの間に手を伸ばし、ぶんぶんと何かをかき消すように振った。

「だから、それは最終巻を読めばわかるって！　それまでのお楽しみにしておいてよ」

この話はこれで終わり、とばかりに三笠さんは手を打つと、ノートをテーブルに置いた。

乱れたというか、躍るような癖のある字がページいっぱいに書きこまれている。二海の字に似ていると思った。

人物の名前や設定、矢印や強調する波線、何重にも重なった円が、何ページにもわたって書かれていた。僕はこれが小説家・八重津我路の創作ノートだと気付く。

「さて、八重津先生。次回作ですけど、先生はこの中ならどれでいきたいんですか？」

「どれでも。三笠さんから見てどれがいいですか。自分じゃよくわからない」

どこか居心地悪そうに姿勢を直す八重津我路に、三笠さんは真顔になり厳しい目を向けた。

「正直言いますね。全部ナシです」

「……全部？」

「ええ、全部です。先生、いいですか。先生が書きたいものであるべきです。先生は本当に、この三つの中のどれかを本にしたいと思ってますか？」

しんと店内が静まり返った気がした。実際静かなのはこのテーブルだけで、周りは客や店員の声で溢れていたが、本当に音が消えたように感じたのだ。

「……わかったよ。作り直してくればいいんでしょ」

ふてくされたように言って、八重津我路はノートを閉じ立ち上がった。三笠さんを強引にどかして、出口へ向かおうとする。三笠さんは止めるつもりはないようで、落ち着いた態度で八重津我路の行動を見守っている。

「急がなくていいんです。次に先生が書きたいものをじっくり見つけましょう」

担当編集者の声かけに返事をすることなく、八重津我路はさっさと店を出ていってしまった。

それを呆然と見送った僕の袖を「蓮くん」と美晴が引っ張る。ハッとして、僕は慌てて八重津我路を追い店を飛び出した。

店を出るとすぐ近くの道を背中を丸めて歩く後ろ姿を見つけ、追いかけた。

「先生、待ってください！」

八重津我路は振り返るどころか立ち止まりもしない。

僕は拒絶すべき他人なのだろう。見えない分厚い壁がそびえ立っているのを感じた。だが引き下がるわけにはいかない。東京まで来たのだ。聞きたいことはすべて聞いて帰るべきだ。

「先生は本当に、何も覚えていないんですか。記憶にないんですか」

「なんの話」

「弟が消えていくと必死に叫んでいた時のことです！　現実でもネットでも、とにかく死に物狂いで弟の存在を訴えていた頃のこと、本当にわからなくなったんですか？　命がけだった時の気持ちは、欠片も残っていないんですか！」

僕の必死の訴えに、ようやく八重津我路は足を止めた。僕の目線より少し下から、奇妙なものを見るような目を僕に向けてくる。

「君さ、伊達くんだっけ。ほんとにアシスタント？　なんでそんなこと聞くの」

「知りたいんです。どうか、教えてください」

腰を折って頭を下げる。

そのうち、疲れのにじんだ長いため息が降ってきた。

「どうかしてたんだよ、きっと」

覇気のまるでない声に、頭を上げる。

八重津我路は長旅を終えた老人のような顔をして、遠くを見つめていた。

「三笠さんに精神科に連れていかれるくらい、僕は連載を抱えて病んでたんだ」

「じゃあ……病むほどつらい小説を書くという行為をはじめたのは、どうしてですか」

「小説を書きはじめたのは……」

考えたこともない、とでも言いたげな顔で僕を見る。よどんだ目の中で、混乱が泳いでいた。

すぐ後ろから、ポプリの優しい香りがした。

「どうして、『透明なる世界より』を書こうと思ったんですか」

「どうして……」

八重津我路は痛みに耐えるように眉を寄せ、頭を押さえた。

それは何か、忘れてしまった大切なものを思い出そうとする姿にも見えた。

「あなたはこれから、何を書いていくんですか」

「……わからない。わからないな。いまはもう、書きたいなんて思えないんだ。わかるはずない」

魂が抜けたような顔で八重津我路は去っていった。くたびれた小説家の背中は、そう遠くない僕の未来だ。

そう考えると、絶望が足元から這《は》い上がってくるようだった。

ドアを開けると、相変わらず足の踏み場もない床に、四角く切り取られた月明かりが落ちていた。

なんだか随分と久しぶりに自分の部屋に帰ってきた気分だ。疲労感が足を自然とベッドに向かわせる。倒れるように寝転ぶと、年季の入ったマットレスがギシギシと抗議するように鳴いた。

疲れていた。心も身体も。

長く息を吐きながら目を閉じ、数時間前に時計の針を戻した。

帰りの飛行機の中も僕らは無言だった。美晴はただ黙って、分厚い窓の向こうに広がるどこまでも青い空を眺めていた。

『弟のレオは最後、どうなるんですか』

あれは正直、意味のない問いかけだった。

だってもう、僕らはその答えを知っていた。目の前の八重津我路の中から弟の存在がすっかりと消え去っているのを見て、悟っていたはずだ。

八重津我路の弟は、完全に透明になった。

ただ誰の目にも映らず記憶の中で透明になっただけなのか、それとも世界から存在そのものが消滅してしまったのかはわからない。やはりどちらもそう差はない気がした。

恐らく、透明病を治すすべはない。

僕らが東京まで行って得たのは、そんな残酷な事実だけだった。

指先に乾いた何かが触れ、そっと目を開ける。

そこにはバッグから飛び出した茶色の紙袋があった。『透明なる世界より』の出版社名が印字されたそれは、三笠さんが別れ際にくれたものだった。

北海道に帰ったら開けるように言われたそれに手を伸ばす。

なんとなく中身の予想はついていた。取り出せば思った通り、週明けに発売される『透明なる世界より』の最新刊にして最終巻だった。

僕があまりに悲痛な顔をしていて、三笠さんも同情したのかもしれない。

暗い気持ちで本を開いた。もうこの物語の中に光が隠れているとは思えなかった。それでももしかしたら、思いもよらない答えが書かれているかもしれない。ありえないと思いながらも、僕は文字を追い、急かされるようにページをめくった。

だが僕のごくごくわずかな期待さえも、最後のページをめくった瞬間打ち砕かれた。

主人公の弟レオは、予想通りインビジブルマンシンドロームを克服できず、主人公のもとに帰ってくることは叶わなかった。

それどころか最終巻で、レオは一度も出てこなかった。名前さえもだ。

インビジブルマンシンドロームの原因とされていた魔王は実は神様で、その傲慢さ故に秀でた人間を自分のもとに召し上げていた。それが何人もの人が透明になり消えた理由だった。

世界中の人々が恐怖した現象は、神の愛という名の呪いだったらしい。

旅の途中で出会った仲間たちとともに主人公が神を倒し、インビジブルマンシンドロームの騒ぎは収まり、世界は平和になったかに見えた。だが代わりに神の加護が消えた。魔物の力が増し、天候は荒れ、世界は新たな危機を迎えた。

これからは神の加護がなくとも自分たちだけの力で生きていく。そうやって主人公は再び剣を手に取り立ち上がるという最後だった。

主人公は前しか見ていなかった。物語の始まりを、なぜ自分が旅に出たのかを、弟の存在もろとも忘れてしまった。勇者らしく、立ち止まることも、振り返ることもなく突き進む。そうして主人公と並ぶメインキャラだったレオは、物語自体から透けて消えてしまった。あまりにも残酷な終わり方に、鉛を呑んだような気持ちになった。しばらくこの重しは胃の中に居座り続けるだろう。

最終巻を美晴に渡すことはできそうにない。僕が隠しても来週には書店に並ぶのだから、彼女が読もうとすれば止められないのだが。


遊歩道の向こう側にある茅部の家。二階にある彼女の部屋に明かりはついていない。

「美晴」とガラス越しに呼びかけた。情けない自分の顔がうっすらと映っている。ひどい顔だ。

僕は何もできないのだろうか。このまま見ていることしか。

彼女が飛行機の中で一度だけ、ぽつりと呟いた言葉がよみがえる。

『どうしてレオは生まれたんだろう』

僕はその答えを持ち合わせていなかった。神のみぞ知る、なんて冗談を言う気力さえも。

物語の結末も、現実も、残酷なことに変わりはない。

それでも僕はどこかまだ、大丈夫だろうと思っている。

美晴はきっと、大丈夫だろうと。

僕にはまだ彼女がはっきりと見えているし、彼女の母や友人もかろうじて見えている。だからきっと大丈夫。

そんな根拠のない自信は、ただの現実逃避か願望か。それは僕自身にもわからなかった。

◆

「伊達、離してくれ。歩きづらいよ」

「うるせ。離したらてめー、逃げんだろうが」

「逃げないって。ちゃんと行くから。このままじゃ転ぶ」

「転んだら引きずってってやるよ」

僕は、帰宅する生徒や部活に行く生徒で溢れ返った廊下を、伊達に襟首をつかまれながら歩いていた。というか、すでに引きずられているような状態で、いつ転んでもおかしくない。

階段に差しかかってもそのまま行こうとしたので、さすがに足を踏ん張った。

「伊達。階段はシャレにならない」

思いきり舌打ちをして、ようやく伊達は僕を解放した。

さっさと階段を下りていく伊達を、黙って追いかける。伊達が怒るのも無理はない。悪いのは僕だ。

伊達には、八重津我路と会えたらそのあとは真面目に受験生をやれというようなことを言われていた。それを前提に伊達はコネを使って三笠さんと会うセッティングをしてくれたのだ。本当は父親のネームバリューを使うのを嫌う男なのに。

「伊達は、どうして僕に構うんだ」

「はあ？　約束破った癖に何言ってやがる」

そう。僕は東京から帰ってきても部活で絵を描く気にはなれず、美術室には行っていなかった。それでも伊達はしばらく何も言わなかったが、週明けとうとう堪忍袋の緒が切れたとばかりに、こうして僕を教室から引きずり出したわけだ。

「それは悪いと思ってるけど。でもちゃんと部活に出ろとか、受験生らしくとか、伊達はそういうこと言うタイプじゃないだろ」

何せ不真面目を体現したような男なのだ。軽そうな見た目を裏切らないいい加減さは女性への応対だけでなく、部活や普段の生活態度にも表れている。

デートの約束がない日だけ部活に参加する男だが、さらっとコンクールで賞をかっさらう器用さや持って生まれたセンスがある。なまじなんでもできてしまうものだから、余計に粗雑さが助長されていくのだろう。

「俺は元々そういう奴だからいいんだ。でも桧山は違うだろ。真面目な奴がいったん崩れるとこえーんだよ」

「はあ。でも僕もしょっちゅう学校サボってるし、真面目とは言えないんじゃ」

「お前のサボりと俺のサボりはまったく違う。わかってんだろンなこと」

なんだか理不尽というか、不公平な気がするが、伊達は言い出したら聞かない性格だ。おとなしくついていくのが正解だろう。

「ただでさえお前はつかみどころがないっつーか、どこに根っこがあんのかわかんねぇような奴なんだ。何かのきっかけでふらっとどっか行っちまって、帰ってこない予感がすんだよ」

「別にどこにも行く予定はないけど」

「俺の予感は当たるんだ。だからお前は部活に出ろ」

横暴だ、と僕はため息をつく。

「いまの話と部活がどう繋がるんだ」

「再確認させてやってるんだよ。お前は俺のクラスメイトで、高三の受験生で、美術部員なんだってな。忘れないようしっかりと言い聞かせてやらないと」

「なんだよそれ……忘れないよ」

「根を張るつもりがない奴には、そうやって首輪つけとくしかねぇんだよ」

伊達の中の僕のイメージがよくわからなくなった。僕はそんなにも危うげに見えるのだろうか。

まあ、見えるのかもしれないな。脱色や染色を繰り返され、かわいそうなくらい傷んだ伊達の髪の先を見て思う。

いつだって自信に満ち溢れた伊達は、己が何者であるかなんて考えることすらないのだろう。その時自分がやりたいことをやり、見たいものを見て、言いたいことを言う。自分を見失うことなど天地がひっくり返ってもありえない。

ましてや、なぜ自分が生まれたのかなんてことなど――

階段を下りている途中、一階の廊下を美晴が通り過ぎていった。北見さんと一緒だった。微笑んでいる彼女が見られてほっとする。

東京から戻ってきても、美晴はあまり変わらなかった。僕の前では以前と同じ明るさだったが、僕のいないところで苦しんでいるのではないかと、本当は無理をしているのではないかと、少し心配だったのだ。

弁当も持参してしっかり食べているようだし、まだ大丈夫だと確認できた。

八重津我路に会い、未来を目の当たりにし、まるで彼女が明日にでも消えてしまうような絶望感に襲われた。だが実際はまだまだ先のことなのだ。僕には美晴の姿がはっきりと見えているし、僕の他にも声をかけたり触れたりすれば、見える人がいる。

大丈夫だ。まだ、大丈夫。

まだ、の具体的な期間を考えることは頭が拒絶した。


脱いだ上靴を靴箱に入れ、一緒にため息もそこにしまった。

伊達には散々説教をされたが、美術部顧問の八雲先生には「いいんじゃないかな」とあのすべてを見透かすような穏やかな目を向けられた。

「僕が教えることはもうほぼない。むしろ君に必要なのは部活に出ることよりも、自分と向き合う時間なんじゃないかな」と、八雲先生はそう言った。

横で聞いていた伊達が遠慮なく舌打ちをするのでギョッとした。苦虫を噛み潰したような顔を隠しもしないので、こっちがひやひやさせられた。八雲先生にまるで気にした様子がなかったのは、人間ができているからだろうか。

自分と向き合うというのは、具体的にどうすることなのだろう。

ひたすら絵を描くのか、いままで描いた絵を見返し考察するのか、何が描きたいか、何を描くべきか決めることか。

想像する。もうひとりの僕がいる。イスに腰かけ、無感動な目をしてこちらを見ている。僕はそのもうひとりの僕を描く。ふたりきりの空間で、僕は僕自身と対峙し、僕を描く。

僕は僕を、描けるのだろうか。

ぶんぶんと頭を振る。気分が悪い。僕は僕自身でさえ受け入れられない。僕を描きたいとも知りたいとも思えないし、知られたくない。描いている僕自身を、もうひとりの僕に見られるのが許せなかった。

「蓮くん」

突然名前を呼ばれ、自分でも驚くほど身体が跳ねた。

振り返ると、美晴が下駄箱の陰から顔を出していた。

靴を履きかえ近づいてきた彼女は、竹刀の入った袋を肩にかけている。後ろでひとつにくくった髪型も合わせて、久しぶりに目にする姿だった。

「剣道部に行ってたの？」

「うん。随分サボったから、鈍ってた。なんだか焦っちゃって、家でも素振りしなきゃなあって」

以前、剣道を続けたいという気持ちがぽっきり折れたと言っていたが、気持ちが復活したのだろうか。

そうならいいなと思いながら、僕は頷く。

「そうか。美晴ほどの腕でも鈍ったりするんだね」

「当たり前でしょ？　蓮くんてば、私のことなんだと思ってるの？」

「天才美少女剣道小町」

「ええ？」

「って、友だちが見せてくれた雑誌のインタビュー記事に書いてあった」

「ほー。どおりでセンスがないわけだ」

軽口を言い合い、校舎を出る。風が美晴の髪を揺らす。

制汗スプレーだろうか。せっけんの香りがして、女の子だなと当たり前のことを思う。

体育のあと男子でも制汗スプレーを使う奴がいるが、どうしてか女子のような良い香りにならない。汗の匂いを消しきれないのか、むしろ反発し合うような奇妙な匂いがするのだ。

なぜ彼女は剣道部に行ったのだろうか。打ち合う相手もおらず、すっかり意欲を失ったように見えたのに。ましてや先週、東京で受け入れがたい事実を知ったばかりだ。練習をしようという気になることさえ難しいと思えるのに。

気分転換だろうか。無心になりたかったとか？

僕が鉛筆や筆を持つのと、美晴が竹刀を振るのはほぼ同義だと思っていたが、違うのかもしれない。その証拠に、僕はまだ彼女の絵を描く気になれずにいる。

「聞いてもいい？」

「いいよ。蓮くんから質問されるのって、気分が良いの」

本当に気分が良さそうに笑う美晴に戸惑う。これからする質問が、彼女の気分を良くするとはとても思えなかった。

「じゃあ聞くけど……美晴にとって、剣道って何？」

「己を見つめること」

迷いもせず答えを口にした彼女に面食らう。

まるで僕の質問をあらかじめ知っていて、答えを用意していたかのようなよどみのなさだった。

「……って、前は思ってたけど。いまは、よくわからない」

軽く肩をすくめる美晴に、僕はなぜかほっとした。

「そう、なんだ」

「生まれてきたことに意味がなければ、歩んできた道にも意味がなかったってことになるのかな。いままで大事にしていたキラキラ輝く宝物がいきなり光も色も失って、ただの石ころになっちゃったみたい」

　ぼんやりと前を見つめながら語った美晴は、通学鞄から一冊の本を取り出した。それは結局僕が渡せずにいた、『透明なる世界より』の最終巻だった。

「買ったのか」

「誰かさんが全然貸してくれないから」

「読んだの？」

「読んだよ。一気読みしちゃった。もうこの本のレビューついてるんだよ」

「知ってる。八重津我路について調べてくれた友だちが見せてくれた。ひどい書かれようだったな」

「酷評ってこういうことを言うんだなって思ったよね。八重津先生、落ちこんでるかな？」

「どうかな……あの人なら大丈夫じゃないか」

なぜなら彼は落ちこむほどの熱意を、もう執筆には向けていないと思うのだ。

　八重津我路は弟のためにあの物語を創った。弟が消え、彼は書く理由を失ったのだ。

「でも私、レビューをいくつか読んで、ちょっと嬉しかったんだ。透明になって、存在すら忘れられてしまったレオを不憫《ふびん》に思う人たちが、こんなにいるんだって」

「美晴……」

「八重津先生が全身全霊で弟を助けようとした結果だと思うと、勝手に感動した」

「でも、弟は消えた。助からなかったんだ」

自然と口が動いていた。美晴を責めるような声が自分から出たことに驚く。

彼女はそんな僕を見て、困った顔で微笑んだ。まるでどこか諦めたような、受け入れたような彼女に感じた僕の怒りに気付いたのだろうか。

「私ね、蓮くん。そうは思わないの。レオはたぶん消えてない」

「消えてない……？　生きてるって？　どこかに出てた？」

僕が見落としただけで、実は登場していたのだろうか。思わず美晴の持つ本に手を伸ばすと、彼女はあっさり渡してくれた。

「ううん。一度も登場してないし、名前すら出てこないけど。でも最後、主人公が新たに旅立つシーンでも、レオは主人公の隣に立っていたと思う」

「……どうしてそう思うんだ？」

「どうしてかな。でも、いると思ったの。レオはずっとそこにいた。一巻から五巻まで。主人公の旅立ちにも、ピンチの時も、ひと休みしていた時も、神様と死闘を繰り広げた時もずっと」

「だとしたら……どんな気持ちでレオは主人公のそばにいたんだろうね」

そして元に戻れない結末を、どんな思いで迎えたのだろう。

ぺらぺらと本のページをめくる。主人公が新たに旅立つ最後のシーンを見ても、僕にはレオの存在を感知することはできなかった。

そっとため息をつき、本を美晴に返す。だが受け取った彼女の手を見て凍りついた。

「み、はる……」

手が。彼女の白くほっそりとした手が、わずかに透けていた。

桜の花びらに似た爪の先はほぼ消えている。よく見れば、ひとつにくくった黒髪も、先の方が薄いグラデーションのように見えていた。

思わず足を止めた僕を、美晴が振り返る。

「蓮くん？」

「美晴、手が……」

「手？」

「髪も……どうして」

美晴の瞳が水面のように揺れた。

「……自分じゃ、わからないのか」

「うん。お母さんや奈々に全身が透けてるって言われた時も、私にはわからなかった。鏡を見てもいつもと変わらない自分がいるの」

だとしたら、変わってしまうのは彼女以外の世界なのか。

僕もその他大勢のくくりに入ってしまったことに愕然《がくぜん》とした。どこかで自分は大丈夫なのではという根拠のない自信があった。僕だけはいつまでも、美晴の姿をとらえ続けることができるはずだ、と。

うぬぼれていた。物語の主役でさえも弟を見失ったのに、僕ごときが永遠を手に入れられるはずがなかったのだ。

「どのくらい透けてる？」

「髪の先と……手の、この辺まで薄くなってる」

美晴に答えながら僕は彼女の手を取り、指の第二関節のあたりを撫でた。

感触はある。温度も。消えてなくなったわけではないのだ。

滑らかな肌に指をすべらせ美晴を直接感じると、悔しさがこみ上げてきた。

なぜなのか。なぜ彼女なのか。彼女がこんな目に遭う理由はなんなのか。答えてくれる神様はいない。

「蓮くん。痛いよ」

「……ごめん」

無意識に力をこめてしまっていた手を離す。代わりに彼女を抱きしめた。

せっけんの匂いの向こうに、ポプリが香る。いつかこの優しい香りも、世界から失われてしまうのか。僕はそれを止めることはできないのか。

なんて無力なのだろう。僕こそ、なんのために生まれてきたのかわからない。

「やっぱりみんなには見えなくても、私には見えたままなのかな。それって本当にひとりぼっちになるってことだよね」

ギュッとしがみついてくる細い腕。いつかこの感触さえわからなくなってしまうのか。

「それなら、存在そのものが消える方がマシだな……」

その呟きは恐らく、美晴の本音だ。受け止めるべきだ。けれど僕はそうしたくなかった。

「僕は、消えないでほしい。美晴が消えるのは……嫌だ」

彼女は「蓮くん、子どもみたい」と力なく笑う。

「ひどいこと言ってるって、わかってる？」

「でも、僕の気持ちはそうなんだ。消えるなんて言うな」

「うーん。蓮くんのお願いだから聞いてあげたいけど、でもきっと無理だよ」

「わからないだろ！」

美晴の肩をつかみ、つい声を荒らげてしまった。

彼女は驚いたように固まっていたが、やがて指先の透けた手を僕の顔に伸ばしてきた。

「私が触ってるの、感じる？」

「感じるよ。体温も、柔らかさも、間違いなく感じてるよ」

頬を撫でる美晴の手をつかむ。その形を確かめるように強く。

「そっか。でもね、蓮くん以外はもう感じないみたい」

「僕以外って……まさか」

目を見開く僕に、美晴は静かに頷いた。

「お母さんにも奈々にも、もう私の声は届かないし、触れても気付かない」

ふたりの世界から、彼女が完全に透けて消えてしまった。

「どうして……だって、さっき北見さんと歩いてるのを見た。美晴、笑ってたじゃないか」

あの時確かに彼女は笑っていた。微笑んでいた。それを見てとても安心したのだ。

だが美晴は不意に紙で指先を切った時のような、わずかな痛みを表情に乗せた。

「こっちを見てもらえなくても、一緒にいたいと思う友だちなの。奈々が笑ってたら、私も自然と笑顔になれる。奈々に話しかけるのは控えていたから、こうなることはなんとなくわかってた。だから、いいんだ」

「良くない！　なんだよそれ……全然良くないだろ」

「蓮くん。泣かないで」

泣いてない、と小さく反論する。

本当に泣きたいのは美晴のはずだ。それなのに、彼女は笑っている。

そんな、何もかも諦めたように笑うなよ。そう言ってやりたかった。

空のペットボトルが中に無数の水滴をはらんだまま、足元を転がっていった。


店を手伝えという姉の小言を聞き流しながら、家の階段を駆け上がる。

美晴となんと言って別れたのかもわからない。僕は普通に振る舞えていただろうか。余計な言葉で傷つけはしなかっただろうか。

勢いよく自室のドアを開ける。埃が舞い、光を反射して控えめに存在を主張する。こんな取るに足らない不要なものさえ僕の目は拾うのに。

開きっぱなしだったスケッチブックを手に、出窓に座る。膝を立て、久しぶりに鉛筆を走らせる。だが、描いても描いても心はちっとも静まらないし、線は荒く乱れ、余計に胸が苦しくなるだけだった。

それでも手を止められず、頭の中の美晴を必死に写し取っていく。ページを勢いよく破り、新たなページにまた鉛筆を走らせる。何も考えられない。いつの間にか、描こうとしていた彼女の姿も頭から消えていた。ただひたすら手を動かす。動かして動かして、やがて小さな音を立てて鉛筆の芯が折れた瞬間、僕はスケッチブックを壁に向かって投げ捨てた。

怒りに似た熱い何かが胸の内で暴れ回っている。吐き出そうにも上手くいかず、積み上がったキャンバスを思いきりなぎ倒し、蹴り飛ばし、窓を割る勢いで叩いた。

「美晴……！」

絞り出した声は情けなく震えていた。

どれくらいそうしていただろう。日が暮れはじめた頃、美晴が茅部の家の窓から庭に下り立った。先に庭にいた豆太は丸くなったまま動かない。彼女は竹刀を手に素振りをはじめた。

ガラス越しにしばらくそれを見つめていた僕は、投げ捨てたスケッチブックを拾い、また窓辺に腰かけた。散らかった床から別の鉛筆を見つけ、構える。

夜になり、月が雲に隠れてようやく美晴が家の中に戻るまで、僕は静かに彼女を描き続けた。

第四章　永遠の一瞬

次の日の授業中、僕は立てた教科書の陰で、ノートに鉛筆を走らせていた。書いているのは難解な数式ではなく、透明病についてでもなく、諦めたように笑う美晴の顔。

不思議とあれから気持ちが落ち着き、怒りや悔しさは蓋をして閉じこめたようになりをひそめている。

彼女が透明病であることを知ってから、わずかでも心に波風が立たない日はなかったように思う。自分でも不思議だった。なぜ、ここまで静かでいられるのか。

かすかに透けて短く見えた美晴の髪を、濃淡をつけて描いたところでひと息つく。ふと窓に目を向けた時、校舎から出てきた誰かが正門へと駆けていく後ろ姿が見えた。

「……美晴？」

今朝は下ろしていた髪を後ろでひとつにくくっていたが、間違いなく彼女だった。肩に竹刀の入った袋をかけていた。急いでいるのか瞬く間に門を越え、見えなくなってしまった。

何かあったのだろうか。でもいったい何が。

世界から消えようとしている美晴に、急がなければならない何かが起こるとは思えない。たとえ彼女の家族が事故に遭ったとしても、彼女にその報せが届くことはないのだから。

だが、それならばなぜ。

「なあ。桧山」

考えこんでいると背中を突かれた。振り返ると、伊達がスマホの液晶をこちらに向けている。

「これ見ろよ。すげーことになってる」

ここそ話す伊達の方に身体を倒し、画面を見る。

それはニュース動画のようで、上空から住宅街を撮影しているものだった。右上に〝刃物男、人質立てこもり・札幌から生中継〟とある。赤茶の屋根の民家周辺を、パトカーや警察官が大勢囲んでいた。同じ札幌からの映像だとは思えない非現実的な光景だ。

「これ、どこだと思う?」

「どこって、近いのか」

「北郷《きたごう》だよ。ダチの家がこの辺で、何回か行ったことあるから間違いない」

北郷なら学校からかなり近い。

窓の向こう、穏やかに雲が流れる青空を見る。歩いていける距離でこんな事件が起きているとは、とても信じられなかった。

「人質は子どもで、犯人は子どもの母親の元交際相手だってよ。母親にフラれたのは子どものせいだとか考えてんのかね」

ガキ巻きこんでんじゃねーよ、と伊達が憎々しげに呟く。

見た目の印象に反して、伊達は子どもに優しい男だ。女にはもっと優しいが。泣いている子どもに「どうした」と声をかけている姿を、これまで何度か目にしたことがある。

「こういうのって、どうなんだろな」

「どうって?」

「説得したってムダなことの方が多そうじゃん。だったら子どもが殺される前に、犯人撃っちまえばいいのにって俺は思うわけよ」

「過激だな……」

「だって子どもを人質に取るような奴、クソじゃん。生かしとく必要ねぇよ」

特に異論はない。人間に生きる必要がそもそもあるのかはわからないが、子どもを危険な目に遭わせるような奴がろくな人間でないのは確かだろう。

「トラウマにならなきゃいいけど……」

「なるだろ。大人になって記憶が薄らいでも、恐怖は染みついて消えねえんだよ」

伊達の言葉には実感がこもっていた。

以前、少しだけ聞いたことがある。伊達は幼い頃、誘拐まがいの軟禁を受けたと。政治家である父親の関係者だったらしいが、正直あまり覚えていないのだと、その時は笑って言っていた。

だから伊達の言う通りなのだろう。記憶が薄らいでも、恐怖は染みついて消えない。

「俺が銃持ってたら、迷わず撃つね」

「伊達は将来、警察と自衛隊には就職しない方がいいと思う」

「なんでだよ。目の前に犯人がいて子どもが怖い思いしてんのに、撃たない意味がわかんねーよ。なんのための銃だよ。なんのための警察だよ」

やれる奴がやらないでどうすんだ。

その伊達の言葉に、頭の中で何かが繋がった音がした。でも、まさか。いや、そうとしか。

もう一度伊達のスマホ画面を見る。今度は食い入るように目をこらす。だが動画はそれほど鮮明ではなく、現場とは距離もあり、僕の探しているものは見つからない。まだ着いていないのかもしれない。

止めないと。

机の中に入れていたスマホを手に、立ち上がる。

「おい、桧山?」

伊達が慌ててスマホを隠し、いぶかしげに僕を呼ぶ。担任に「どうした桧山」と声をかけられ、僕は机の上を片付けながら「すみません」と言った。クラス中の視線を浴びたが気にならない。気にするだけの余裕がなかった。

「体調が悪いので、早退します」

行かなければ。彼女はきっと、そこにいる。


肺が悲鳴を上げている。日頃の運動不足を呪いながら、僕は目の前の人だかりを見つめた。伊達が唖然としているのを横目に教室を飛び出した僕は、北郷まで全力疾走した。美晴と登校するようになって自転車通学をやめていたのは痛かった。流れる汗を腕で拭い、人だかりのはるか向こうに見える赤茶の屋根の家を睨む。

「下がってください! 危ないですから、下がって!」

パトカーと警官が道を塞いでいるようで、これ以上近づくことはできそうにない。奥には救急車に救急隊員も待機していて、カメラマンやレポーターなど、テレビ局関係者らしい人間も多くいる。あとは近所の住人だろうか。この中で制服姿の僕は非常に浮いていたが、警察もそれどころではないのか近寄ってこない。

あたりを見回したが美晴の姿は見つからなかった。ここじゃないのか。それとも、すでに家の中に入っているのか。

僕は規制線の先に行くことはできないが、彼女は違う。美晴を止められる人間は、恐らく世界中で僕しかいないのだ。

「現在警察が男に説得を試みているとのことですが、人質に取られている男の子の安否はまだわかっていません。現場からは以上です」

緊迫感を演じるようなリポーターの声にハッとした。

空を見上げると、ヘリコプターとドローンが飛んでいる。そうだ、ニュース動画だ。スマホを出し、検索をかける。電話とメッセージのやり取り以外は使い慣れていないので、最適な動画を見つけるのに時間がかかった。

北郷の上空を映したライブ中継動画をようやく開き、目をこらす。

美晴が映らないかと思ったが、見えるのは民家を取り囲む警察の特殊部隊の姿ばかり。二階のベランダに待機している隊員の姿も映っている。これはテレビのニュースでも流れているのだろうか。だとしたら立てこもり犯の男がそれを見ている可能性は高い。犯人を刺激することに繋がりはしないのか。

「美晴、どこだ……」

やはりすでにこの家の中に入っているのだろうか。

電話をかけるべきか。僕が彼女のスマホに電話をかけた場合、着信音は周囲の人間の耳に届くのだろうか。その辺の実験はしていなかった。考えつきもしなかった。もし着信音が犯人に聞こえてしまったら。それで美晴の存在を万が一にも犯人に認識されてしまったら。

絶対にないとは言いきれない。僕らはそこまで透明病を理解できていなかった。

焦りばかりが募り、いよいよどう規制線を越えるか考えはじめた時、現場となっている家の方からどよめきが聞こえてきた。

「何が起きた⁉」

「特殊部隊が動いたのか」

腕章をつけたマスコミ関係者たちが一斉に規制線ギリギリに集まっていく。その中に入ろうとしたが、邪魔だと突き飛ばされ、仕方なくスマホで状況を確認した。

警察は動いていない。ベランダの隊員もそのままだ。だが少しして、家の玄関のドアがゆっくりと開かれたので驚いた。

特殊部隊が玄関前を半円状に取り囲んでいる。そのぽっかりと空いた空間に現れたのは、犯人ではなく子どもだった。半袖、半ズボンの男の子が靴をしっかり履いて、ひとりだけで現れたのだ。

おそるおそる外に出てきた少年に、警察のひとりがゆっくりと近づく。男の子が無事保護されると同時に、他の隊員が家の中になだれこんでいった。

「たったいま、男の子が無事保護されたようです！　警察が一斉に民家の中に突入しました！」

リポーターが声高に叫んでいる。周囲の空気が緩むのを感じたが、僕の緊張の糸はピンと張り詰めたままだ。目がスマホの画面から離れない。

電話をかけよう。そう思った時、ようやく動画の中に彼女の姿を見つけた。

特殊部隊が突入しきったあと、竹刀を持った美晴が普段と変わらない歩調で家から出てきたのだ。制服のスカートと、後ろでひとつに結んだ髪をなびかせながら。

ケガをした様子はない。背筋を伸ばし凛と歩く姿は、剣道の試合をする彼女のままだった。

力が抜け、その場に膝をつく。

無事だった。やはり学校を抜け出し、男の子を助けに行っていたのだ。本当に心臓が潰れるかと思った。

僕の幼なじみは完璧だった。なんでもできる、優秀な子。およそ欠点の見当たらない、運にも恵まれた最強の少女。

いままではどこかで美晴なら大丈夫と思い続けていた。僕ごときが彼女を心配する必要などこれっぽっちもないのだと。実際、美晴は幼い頃から挫折など一度も味わったことはないはずだ。

だが、いまの彼女は違う。透明病という未知の脅威に晒《さら》され、解決策も見出せず、存在そのものが透けて消えてしまうのを待つばかり。

そんな美晴だから、自分の命を簡単に捨ててしまうのではないかと考えてしまった。

「あれ？　蓮くん……？」

地面の小石が膝に刺さるのを感じながら、顔を上げる。ちょうど規制線の向こうから現れた彼女が、マスコミの間を縫ってこちらに来るところだった。

「どうして蓮くんがここにいるの？」

学校は？　と聞かれ、僕は脱力しかけたが、湧き出てきた怒りが勝り、勢いよく立ち上がる。そして目を丸くする美晴を力任せに抱きしめた。

動画の中のアナウンサーと、すぐそばにいるリポーターが犯人確保の情報を知らせている。

家の中から出てきた女子高生に言及する声は、最後まで聞こえなかった。

緑の葉だけを残す、サイクリングロードの桜の木。その下の古びたベンチに腰かけ、美晴は一度ブンと竹刀を振った。

この竹刀で犯人の男を一突きして倒したのだという。室内で子どもを人質にした男に立ち向かう彼女を想像し、また心臓が潰れそうになる。

「ちゃんと攻撃が当たって良かったよ。犯人は何が起きたかわからなかっただろうけどね」

軽い調子で言った美晴に、微かに苛立ちを覚えた。

「頼むから、危ないことはしないでくれ」

「心配かけちゃってごめんね？　まさか学校から出るところを、蓮くんに見られてたなんて思わなかったの」

「そういうことじゃなくて……ケガでもしたら、どうするつもりだったんだよ。相手は凶器を持ってたんだろ？」

「私の武器の方がリーチあるもん。それに相手には私が見えないわけだし、攻撃しようがないでしょ？　絶対大丈夫だと思ったの」

許して？　と上目遣いで見られ、ため息が出た。

「前にも言ったけど、透明だから大丈夫なんて保証はないし、大丈夫だとしても僕は心配なんだ。君に何かあったら、悲しむのは僕だけじゃない」

「蓮くんだけだよ」

ムッとしたように美晴が反論する。

「たとえ私が死んだとしても、悲しんでくれるのはもう、蓮くんしかいない」

「美晴」

「お母さんと奈々の中からも、私は消えちゃったんだから。いない人間がどうなったとしても、悲しむどころか気付くことさえないの」

「だからって……だからって、簡単に危険なところに飛びこんでいって良いと思ってるのか！」

「だって私しか行けなかったじゃない！」

　僕の怒声より、はるかに大きな叫び声に驚いた。いや、美晴が叫んだこと自体に驚いたのだ。

　喜びや悲しみは豊かすぎるほどに表現する彼女だが、怒ることは滅多にない。それどころか、小さな頃を含め彼女が声を荒らげるところは一度も見たことがない。喜怒哀楽の怒だけをどこかに落としてしまったかのように。

　その美晴が、怒っている。

　けれど自慢じゃないが、僕だって怒るのは苦手だ。そんな僕もいま、負けないくらい怒っているのだ。

「……君だけってことはなかった。外には警察がいっぱいいた。犯人の説得だって続いてたんだろ？」

「でもすごく時間がかかってた！　時間がかかる分だけ、人質にされていた子は怖い思いをし続けなくちゃいけないんだよ？」

「だとしても、君が怖い思いをする必要はないだろ」

「自分ならなんとかできるってわかってるのに、見て見ぬふりなんてできるわけない！」

「なんで自分ならなんとかできるなんて考えるんだよ！　君は普通の女の子だろ！」

「どこが普通なの⁉」

「普通だろ！　普通の、女の子だ。怖がりな癖に……本当に、何やってるんだよ……」

深い場所で光る美晴の瞳。僕らは真っすぐに見つめ合う。

睨み合うと言っていいほど、お互い視線に力がこもっていた。僕は彼女を許すことは違うと思ったし、彼女もまた譲れない何かを持っているようだった。

そして先に視線をそらしたのは、美晴の方だった。

「ずっと……意味を考えていたの」

彼女は竹刀を下ろし、熱をはらむアスファルトにため息を落とす。

「生まれてきた意味と、これまでの人生の意味を」

「……そんなもの、だいたいが後付けだよ。意味なんて本当はなくて、みんなただ満足したくて後からつけるんじゃないか」

「私もそう思ってたよ。こんな風になるまでは」

こんな風。誰にも認識されず、世界から透けて消えていく存在になるまでは。

その言葉に、はっきりと線を引かれたように感じた。僕と彼女の間に、深く、高く、越えようのない線を。

「でも、違うかもしれないなって。八重津先生の本を読んで、レオの存在意義を考えて、私にも何かあるんじゃないかって」

「レオの？」

「そう。レオはね、兄である主人公が旅立つために生まれてきたんだよ」

まるで八重津我路の頭の中をのぞいてきたみたいに、美晴ははっきりと言いきった。

あまりにも確信に満ちた言い方だったので、逆に納得がいかない。

「どうしてそう言いきれるんだ」

「だってそうなんだよ。たぶん、レオは本当は生まれる予定じゃない子だったんだと思う。でも、主人公を勇者として旅立たせるために生まれた。インビジブルマンシンドロームで消えていった他の人たちもそう。みんな生まれた理由があったの」

誰かは誰かのために生まれ生きているのだと、美晴は神様の啓示でも受けたかのような面持ちで語る。

不安が一気に増した。透明化が進み、心が病んでしまったのではないだろうか。

「レオたちは神様のお気に入りだったんだよ。優秀で、美しかった。ある目的のため、一度人間の世界に落としたけど、それを果たしたから回収した」

僕はその言葉に、額を押さえ首を横に振る。

「全然意味がわからない。魔王は神様だったんだろ？　君の言う通りなら、その目的っていうのは神様を倒そうとする勇者を旅立たせることだ。自分を倒すために自分のお気に入りを生んで、回収するって？」

「私、神様は悪い奴ではなかったと思うの。あの小説の中に世界が歪んでるって書いてあった。神様は自分が消えることで歪みを直そうとしたんじゃないかな。その辺は創作物だし、現実とは関係ない八重津先生のアイデアってだけかもしれないけど」

「じゃあ、現実でも透明病になる人間が神様のお気に入りで、世界に落とされたことに何か意味があるかもしれないって、そう言うのか？」

「そう思ったから私は、人質立てこもりのニュースを知ってすぐに走ったってわけ」

美晴は立ち上がり座ったままの僕と向かい合うと、竹刀を構えた。

細身なのに竹刀を構えた途端、大木のように揺るぎない存在感を放つ。

剣道の大会で白い道着を着た彼女は面で顔が隠れているというのに、大勢の選手がいる会場でもすぐに見分けがついた。美晴の何が他の人と違うのか以前はわからなかったが、いまならわかる。

「玄関から堂々と家に入って、声がした二階に上がった。警察の人と犯人が喋っていて、すぐには動けなかった。犯人は包丁を手に男の子を抱えこんでいたから。とりあえず何かあってもすぐに止められるよう近くに行こうとしたら——」

「……美晴?」

「目が合ったの」

遠くを見つめるようにして、美晴は呟いた。

「男の子と目が合った。気のせいかもしれない。でも一瞬だけ、男の子の目に自分が映ったのを感じて。男の子が助けてって言った気がして。それで……」

犯人の男が持っていた包丁を男の子ではなく警察の方に向けた時、美晴は思いきり小手で包丁を叩き落とし、間髪入れず突きを食らわせた。

狭い家の中でできる、最大で最速の攻撃だったという。

それを聞いた僕は、不覚にもその場を直接見たかったと思ってしまった。ついさっきまで、危ないことはするなと怒っていた癖に。

「男の子と目が合ったあの瞬間、わかったの。ああ、私はこのために生まれて、このためにいままで生きてきたんだなって」

「そんなの、君のただの願望だ！」

悟ったような美晴の言葉を聞いた僕は、ついそう叫んでいた。

聞きたくなかったのだ。何かが大きく変わってしまう気がして怖かった。

歯車が一気に加速し、時計の針が勢いよく時を刻みはじめ、もう止められなくなるのではないかと。そうなってほしくなくて、させたくなくて吐き出した言葉だった。

まさかその言葉で、美晴がこんなに傷ついた顔をするなんて想像もしなかった。

大きな瞳に涙をためて、彼女が僕を睨んでいる。いまにもこぼれ落ちそうなのに、ギリギリのところでとどまったその雫が、余計に痛々しい。

「蓮くんには、わからないよ」

その言葉に、僕は自分が大きな過ちを犯したことに気付いた。

美晴の引いた線を越えることは、僕にはもう一生できない。許されなくなってしまった。

「私にしか、わからない。私だからわかったの」

「やめろよ。それじゃあまるで……！」

すべてを受け入れたみたいじゃないか。

そう叱ろうとした。そんな言い方はするなと、諦めてしまったように聞こえるだろう、と。

だが、思わず立ち上がりつかんだ彼女の腕が透けていることに気付き、僕はハッとした。

「……どうして」

ついこの前までは、指先だけだったはずだ。それなのにいまは、手首から十センチほどのところまでグラデーションのような透明化が進んでいた。

思わず手を離した僕に、美晴は申し訳なさそうに顔を伏せた。

「きっと、私の役目が終わったからだよ」

「やめろ。そんなこと言うなよ」

「言っても言わなくても同じだよ。私はたぶん、もう少しで消える。自分でも、自分の身体が透けていくのがわかるようになったから」

「やめろって。もう言うな」

「やっぱり私、消えちゃうんだね」

神様が呼んでるんだよ。自分を慰めるように美晴が囁く。いや、慰めようとしているのは僕か。

〝ＲＥＯ〟のアカウントの呟きがよみがえる。

『神様には渡さない』

八重津我路の弟も言っていたのだろうか。神様が呼んでいる、と。

ガラス玉みたいな美晴の瞳。そこに映る自分の顔が、小説の主人公と重なった。

ひとりすっきりしたような顔の美晴に怒りが湧き、別れ際何かひどいことを言った気がする。しかし沸騰しそうなほど苛立ちがひどく、覚えていなかった。

自室に帰り、彼女になりそこなった絵に囲まれ、余計に怒りが増した。手あたり次第に物を投げ、蹴り上げた。スケッチブックもキャンバスも大切な絵の具も、何もかも四方の壁に投げつけた。

透明病について書き記していたノートは力任せに引き裂き、ビリビリに破いて宙に捨てた。

「くそ！　くそ！　くそ……っ！」

納得できない。美晴が納得できても、僕はできない。

どうして彼女なんだ。彼女でなければいけない理由はなんだ。お気に入りってなんだ。随分勝手じゃないか。気まぐれに生んで、回収して、何様だ。

彼女はおもちゃじゃない。彼女は――

「蓮、ちょっと何やってるの⁉」

僕が暴れる音が下に響いたのか、店にいたはずの姉が飛んできた。荒れた部屋を見て悲鳴じみた声を上げる。

「どうしたのよ！　お店にまで音が聞こえてきたんだけど！」

僕がそばにあったイーゼルを蹴飛ばすと、慌てたように「やめなさい！」と部屋の中に入ってこようとした。カッとなり、机の上の絵具箱を取り、入り口の横の壁に投げつけた。姉の悲鳴に父さんまで階段を上がってくる足音がして、僕はふたりにまとめて「放っておいてくれ！」と叫んだ。

完全な八つ当たりだ。頭ではわかっていても、自分を抑えられない。怒りの矛先をどこに向ければいいのかわからないのだ。

神様はどこにいるのだろう。卑怯者。出てこい。姿を見せろ。

美晴を完全に奪われる前に、僕が殺してやる。

声に出ていたかどうかはわからない。僕を見る家族の目がどんなものだったかも、僕にはわからなかった。

◆

ゆっくりと、瞬きをする。乾いた眼球が瞼の裏に貼りつき、ベリベリと音を立てそうだ。

ベッドの上で膝を抱え、一睡もできないまま朝陽が昇るのを見た。

僕が眠らずとも、世界は夜を終え、朝を迎える。美晴が世界から消えても、変わらず太陽は東から昇り、西に沈むのだろう。

すべてが憎くなる。何もかもを呪いたくなる。全部壊れてしまえと捨て鉢になる。

そのうちこの感情さえもが段々と色を失くし消えていくのか。そして怒りも悲しみも僕は何も感じなくなり、変わらない太陽の下を何事もなかったように歩くのか。

それはさぞ楽なことだろう。行き場のない気持ちそのものが消えてしまう。それは苦しみから解放されるということだ。なんて残酷な救済だろうか。

荒れ果てた部屋の中で、僕はただじっと窓を見ていた。こうしていれば、そのうち奴が、神様が現れるのではないかと本気で思った。僕の呪詛《じゅそ》に気付いて、僕を消しに来るのではないかと。

神様の倒し方など知らない。僕は小説の主人公ではないのだ。それでも僕は立ち向かう気でいた。

父に止められているのか、いつもの「蓮、起きなさい」という姉の声は聞こえてこなかった。代わりに朝食の匂いが僕を呼んでいる。空腹を感じなかったので一階には下りなかった。

姉の出かける声がしても、父のトラックのエンジン音がしても、僕はベッドの上で片膝を立て、じっとしていた。

美晴はどうしただろう。ひとりで学校に向かったのだろうか。ふと気になったが、確認はしなかった。いま彼女にどんな態度を取っていいのかわからなかった。

始業時間を過ぎると、スマホがたびたび音を立てた。煩わしくなり電源を切る。そのうち窓からの光が朝の柔らかなものから昼のまばゆさに変わっても、僕は動かなかった。階下からラーメンの匂いが上がってきた。姉のいない昼間、父はだいたいインスタント麺を食べている。

声がかからないのをいいことに、僕は昼食もやり過ごした。空腹はまだ感じなかった。夜になりとうとう「ねぇ、少しでも食べない?」と、ドア越しに姉から声がかかった。僕の中の怒りはまだ静まってはいなかったので、それが噴き出さないよう慎重に「いらない」と答えた。姉はしつこく食い下がることなく、ドアの前からいなくなった。

そしてまた朝が来た。薄い雲が広がる天気で、光が弱い。僕はやはりベッドの上で昼を過ごし、夜を越え、朝を迎えた。神様はまだ来ない。

机の上、無事だったガラスの一輪挿しの中で白い百日草《ひゃくにちそう》が枯れ、悲しげに首を垂れていた。

その日の夕方、再びドアの向こうから姉の声が聞こえた。応える気はなかったが、姉以外の気配がしてつい顔を上げる。

「蓮……起きてる？」

いつになく、姉の声が遠慮がちだった。ここまで反抗期らしい反抗期のなかった僕の豹《ひょう》変《へん》具合に、恐怖か不気味さでも感じているのかもしれない。

「お友だちが来てくれたけど……」

友だち。二海と伊達の顔が浮かぶ。二海は家に来たことはない。伊達は一度だけ家までついてきたことがあるが、意地でもこの部屋には入れなかった。

ここは僕だけの場所で、誰にも、家族にも踏み入れてほしくない最後の砦《とりで》だ。

慌ててベッドを下り、ドアに駆け寄った。ノブを押さえ、体重をかけてドアを開かれないようにする。

「帰ってもらって」

「でも……」

「具合が悪いから会いたくない」

そう言った途端、ドンとドアに衝撃があった。

冷や汗をかきながら、ドアに全体重を乗せる。

「具合が悪い奴の声には聞こえねぇけどなあ！」

「伊達……」

「何やってんだよバカ。簡単に約束破っててんじゃねえよ。ちゃんとしろっつっただろ」

いつもの伊達の声だった。ぶっきらぼうだが、どこか温かみのある独特な声。

つい緩みそうになる心を締め上げ、感情を抜き取り要求だけ告げる。

「帰ってくれ」

「桧山……ごめんね、勝手に来て。連絡がつかないから心配になっちゃって、伊達に頼んで桧山の家まで案内してもらったんだ」

二海まで来ていたらしい。舌打ちしたい気分だ。

こんなことになるのなら、スマホの電源を切る前にしばらく休むとふたりに連絡しておけばよかった。まさか家まで見舞いに来るとは考えていなかったのだ。僕らは学校では話すが、それほど仲良しこよしな関係ではないと思っていた。

「桧山、ご飯も食べてないらしいじゃん。何があったか知らないし、学校を休むのは別に構わないと思うけど、ご飯だけは食べた方がいいよ」

二海の優しい声のあと、伊達が舌打ちするのが聞こえた。

「休むのは構わなくないだろ。ただでさえ一年の頃からサボりぎみなんだぞ、こいつ」

「だからいまさらなんじゃないか。卒業できないほど出席日数が少ないわけじゃないいんだし」

「甘いな二海。こいつこのままだったら、冬まで出てこないかもしんねぇぞ」

「まさか。どうして……」

　僕がふたりの会話に反応せず黙っていると、再びドンと衝撃がある。ドアノブをがちゃがちゃと回そうとするのは、恐らく伊達だろう。

「おい！　開けろ、この引きこもり！　開けねぇとこのドアぶっ壊すぞ！」

　僕こそ舌打ちしたい気分で叫び返す。

「帰れって言ってるだろ！　迷惑だ！」

「うるせぇ！　どうせスランプだなんだって落ちこんでんだろ！　八雲に何か言われたのか⁉　てめぇは自分勝手な癖に、人の目気にしすぎなんだよ！」

「ちょっと伊達！　乱暴すぎるって！」

　ガタガタとドアの揺れを全身に感じながら、歯を食いしばる。

　ドアの向こうでふたりの友人が争う音がした。

「二海離せ！　こいつは一発殴ってやらないとわかんねぇんだよ！」

「どうしてそう極端なんだよ！　俺たちこんなことしに来たわけじゃないよね？　桧山が心配だから様子を見に来ただけじゃない！」

「お前はそうかもしんねーけど、俺は違う！　おら、桧山！　ツラ見せろ！」

「伊達！　ちょっと落ち着いて！」

僕はドアの向こうの様子をうかがいながら、ひたすらふたりが帰ってくれることを願った。

いまの自分には何もかもが煩わしい。

ここまで距離を詰めてくることはいままでなかったはずだ。適度な距離で、適度な付き合いを続けてきた。それが僕にとって心地好かった。学校でもずっと一緒に行動しているわけではない。それぞれが好きな時に好きに動き、たまに集まり、また離れる。だいたいグループが決まっている教室でも、僕らはひと塊にされる一歩手前くらいの関係だった。

それで良かった。それが良かった。

「桧山」

ドアの向こうがようやく静かになり、少し疲れた調子の二海の声が僕を呼んだ。

「実は、ずっと気になってたんだ。桧山が少しいつもと様子が違うなって感じるようになったの、俺が透明病の資料を桧山に渡してからじゃないかなって」

合ってる？　と二海が自信なさげに問う。

僕は答えない。二海の後ろで伊達が「だとしても二海が気にする必要ねぇよ」と声を荒げている。その通りだ。二海は何も悪くない。

それなのに、二海はさらに尋ねてくる。

「知らないうちに俺、桧山を傷つけたんじゃない？」

「はあ？　んなわけねぇだろ」

「伊達はちょっと黙っててよ」

「だってそうだろ。二海の言うことが当たってたとしても、勝手に傷ついたのは桧山だろ。透明病だかなんだか知らねぇけど、それを二海に聞いたのも桧山で、わざわざ俺のコネ使って東京まで作家に会いに行ったのも、しょぼくれて帰ってきたのも、全部桧山が選んだ結果だろうが」

「いいから！　……桧山、何かに悩んでるんでしょ？　ご飯も食べられないくらい。それについて話さなくていいけど、何か俺たちに手伝えること、ないかな？」

二海の善意だけでできたような優しい声が、僕のささくれ立った心の皮膚を逆撫でする。それが耐えがたく、気付けばドアを思いきり殴っていた。右手の骨がしびれ、一瞬の熱さのあと何も感じなくなる。

「帰れって言ってるだろ！」

「桧山……やっぱり俺のせいなんだね。桧山の繊細さ、わかってたつもりだけど――」

「お前らに何がわかる！」

呼吸の仕方を忘れてしまった。息が詰まる。ひとりで喘《あえ》ぐ僕の耳に、やがて二海の「ごめん」という弱々しい声が届いた。

静かな足音が遠ざかっていく。

やっと息が吸えたと思った時、ドンッといままでで一番激しい衝撃をドア越しに受けた。

「わかってねぇのはお前だ！」

「……まだいたのか」

伊達だった。帰れと重ねて言おうとしたが、やけに静かになったので躊躇う。

しばらく沈黙が続いたが、ドアノブから手を離す気にはなれずにいると、やがて耳が重いため息を拾った。

「お前は結局自分のことしか考えてねぇ。自分だけが大事なんだ」

真っすぐに切りつけてきた言葉に動揺する。

違う、という反論は声にならなかった。僕は美晴のことを考えている。でもそれは、本当に純粋に彼女を思ってのことだろうか。いまだに僕は、自分を第一に考えてはいないだろうか。

美晴が消える。それはもう二度と、彼女が描けなくなるということだ。僕が許せないのは彼女が消えることではなく、彼女が描けなくなることなのではないか。

そんなわけないと思う自分と、そうかもしれないと思う自分が互いを罵《のの》り合う。頭がおかしくなりそうだった。

本当は、もっと前からそれを考えていた。考えるたび気分が悪くなり、逃げ出した。そのうち深く考えることを放棄した。どちらであったとしても、誰にもわからない。変わらないのだから白黒つける必要はないと、言い訳をして罪悪感から逃れた。

反応しない僕に構わず、伊達は言葉を継ぐ。

「別にそれでもいいさ。俺だって自分が一番大事だし。お前、俺の親のこととか気にしたことないだろ。お前がそういう奴で、他人に興味ないとことかわりと気に入ってた。二海もそうだけど、俺にはそういうのがちょうど良かったんだ」

ちょうど良かった。それはまさしく僕と同じ考え方だった。お互いにちょうど良い存在だったからこそ続いた関係だったのだ。

「でも、二海は違う」

厳しい声に、ギクリとした。

ひんやりした空気が、ドアの隙間から忍びこんでくるように感じた。

「あいつは本気でお前のことを心配してる。自分のためじゃなく、お前のためにここまで来たんだ。わざわざ俺に頭下げてまでな。俺は最初断ったけど、あいつが必死だったから仕方なく連れてきた。あいつの純粋なとこに俺は弱いんだよ」

お前もだろ、と言われたが否定できなかった。

確かに僕は、僕にはない二海の透き通るような純粋さに惹かれ、癒されていた。そのままでいてくれることを願っていた。

「普段は距離感大事にする奴なのに、どうしてここまで来たと思う?」

「僕と違って、優しい奴だからだろ」

「お前のことが好きだからだよ」

伊達の言葉が胸に突き刺さる。鋭い刃でなくても、痛みを与えることはある。

「あいつも感じてんだよ。このままだと、お前がふらっとどっかに消えちまうんじゃないかって」

消える? 僕が?

消えそうなのは僕ではなく、美晴だ。でもなぜか、伊達の言葉を否定する気にはなれなかった。彼女が消えるということは、僕の存在意義が消えるのと同じだからだろうか。

「好きだから、消えてほしくないんだよ」

言っとくけど、俺は違うからな。

えらく不機嫌そうに言って、伊達がため息をつく。僕は何も言えなかった。

「……二海の手土産、ここに置いとく。お前がよく行く、あの狭いパン屋のパンだ。さっさと食って学校来いよ」

それだけ言うと、ようやく伊達はいなくなった。二海を追いかけるのかもしれない。あれで案外、伊達も優しい奴だと僕は知っている。

姉の気配もしないのを確認し、ドアを開けた。

床に置かれていたビニール袋を拾い上げる。

パンは焼きたてだったのか、持つとほのかに温かかった。

◆

今日はなんだか空気が違うと、相変わらずベッドの上から窓を見つめ思う。

外は明るいが、昼を過ぎるというのに日差しが柔らかい。暑さも感じない、穏やかで静かな日だ。

昨日もらった二海の土産は、ベッドの脇にそのまま置いてある。手はつけていない。空腹なはずだが、それを感じないのだ。食べる気も起きなかった。

僕はいったい何をしているのだろうと、二海の土産を見ては思う。

バカなことをしている。意味のないことをしている。自分でもそれはわかっていた。神様がいたとして僕の前に降りてはこないだろうし、僕に神様をどうこうする力だってない。できるとすれば、必死に頼みこむことくらいだろう。

そもそも神様に泣き落としはきくのかと思ったが、僕の涙に神様が心を動かされるわけがない。せめて美晴やレオのように、優秀で、美しく、聡明であれば違ったかもしれないけれど。

こうしている間にも、彼女の透明化は進んでいるのだろう。僕が引きこもっている間に完全に透明になってしまったら、絶対に後悔する。いや、後悔することさえできない可能性が高い。

美晴に会いに行くべきだ。彼女が大切なら。本当に僕が自分のことしか考えられない愚かな人間でないのなら。人を愛することができる人間であるのなら。

「でも、どんな顔をして会えば……」

美晴と会い、平常心を保てる自信がない。苛立ちをぶつけてしまうかもしれないし、情けなく震えてしまうかもしれない。一番それをしたいのは彼女のはずなのに。

僕にできることは本当に何もないのだろうか。このまま美晴が透けていくのを黙って見守るしかないのだろうか。

彼女は人質になった男の子を救うために生まれ、いままで生きてきたのだと言った。

では、僕は？

僕はなんのために生まれ、これまで生きてきたのだろう。僕のような凡庸《ぼんよう》な男にはそんな理由すら存在しないのだろうか。

僕はどうしたらいい。どうすればいい。

両手で顔を覆った時、軽く二回、ノックの音が響いた。その音は姉が出すそれとは違う気がしてドアを見た。

父は元々ノックなどする人ではない。姉のはもっと強く響く。いまの音は子どもが水たまりの上を跳ねるような無邪気さと、ピアノの鍵盤を叩くような優雅さがあった。

「蓮」

ドアの向こうから届いた声にハッとする。

落ち着いた甘さのある声に、驚きと疑問が頭を埋めつくした。

「入るわね」

拒否されるとは思ってもいないような声とともに、ドアがゆっくりと開かれる。

そこにいたのは予想通り、先日数年ぶりに店に現れた母だった。

一瞬、昔に戻ったような錯覚に陥った。父がいて、母がいて、姉がいて、どこかちぐはぐでも静かで穏やかだったあの頃に。

だが実際は、荒れ果てた部屋の前に華美で上品な女が立っているという、奇妙な光景がそこにある。

「まあ、ひどい顔」

僕を見るなり、母は笑った。

「まるで死期を悟った画家みたいね」

「……姉さんは」

「そうそう。百音にあまり心配をかけちゃダメじゃない。心配しすぎて、私を家に上げたくらいなのよ。とても睨まれたけど」

母は先日とは真逆の、真っ黒なワンピースを着ていた。上半身にぴたりとフィットし、腰からふわりと自然に広がっている。母にはよく似合っていたが、日当たりの悪い室内では喪服のようにも見えた。

薄い肌色のストッキングを履いた足が、荒れた室内に音もなく踏み入った。僕はそれを夢でも見ているような気持ちで黙って眺めていた。

止めようという気には不思議とならなかった。家族も友人も退けたのに、家を出ていった母はなんの抵抗もなくするりと僕の中に入ってきた。

「帰ってくれないかな……いまは、ひとりでいたいんだ」

「知ってるわ。あなたは百音と違って、ひとりでいることが好きだったものね」

変わっていないのね、と言われ胸に痛みが走る。

「……母さんも、同じじゃないか」

重そうなまつ毛を持ち上げ、母が僕を見つめる。白い肌と黒い服のコントラストがあまりにも現実味がなく、幻を相手にしているように思えてきた。

「母さんがひとりを好むのは、人を愛せないからだろ。自分と芸術しか愛せないから、だから……」

うなだれる僕に、母は「おかしなことを言うのね」とまた笑った。

ひどい人だ。自分の息子が苦しんでいる姿を見て笑うなんて。

でも思えば、記憶の中の母はいつも微笑んでいた。母が苦しんだり、悲しんだりしている姿は見たことがないかもしれない。泣いている姿なんて、一度も。

家を出ていく日ですら、母は笑っていた。

「自分を愛せない人に、他人を愛することなんてできるのかしら？」

「……でも、母さんは」

「私は武夫さんを愛していたし、あなたたちのことも愛していたわ。ただ、家庭に入ることが向いていなかっただけ。家族のことは愛していたけど、自分を愛せなくなっていくのが怖かった」

　だから家を出たのだと母は言う。僕らに寂しい思いをさせたことも申し訳なく思っている、と。

「いまでも武夫さんには定期的に手紙を書いたり、メールを送ったりして、あなたたちの様子を聞いているのよ。まあ、あまり返事はないけれど。あの人はそういう人だから」

「……そんな話は一度も聞いたことがないけど」

「あの人が話すと思う？」

　思わない、とすぐに答えた僕に、母は笑みを深める。そして今度はあなたに直接連絡するのもいいわね、と勝手に人のスマホを取って操作しはじめた。

　止める気は起きなかった。困惑と諦めの気持ちが強い。もう好きにしてくれと思う。

「私はむしろ愛が多い方よ。いま付き合っている人のことも愛してる。自分と同じくらい。芸術を愛するのと同じように、芸術家も愛してる。もちろんあなたと百音のことも愛しているわ」

「あまり……愛されているようには聞こえないけど」

「多くても少なくても、良いということも悪いということもないの。あなたが絵を愛しているのなら、それでいいのよ。人でも物でも、形のない何かでもいいの。どれかを必ず愛さなければいけないということもない。愛に貴賤《きせん》も優劣もなければ、強制される筋合いもないわ」

気遣うような眼差しに、温かなものが一筋、頬を伝っていった。

目を瞑《つぶ》ると、瞼の裏に遠い過去の記憶がよみがえる。母の膝に乗り、画集を長い時間飽きずに眺めたあの日々。あなたの絵が好きよ、という優しい声と微笑み。

この人は確かに僕の母で、僕は息子で、あの頃間違いなく愛されていたのだと、はじめて実感できた。

スマホを戻した母はふと、足元のキャンバスを手に取った。

ドキリとしたが、それを隠すことはしなかった。

人に見られることが怖かった。つまらないものだと思い知らされるのが怖かった。才能のなさに僕を見限り家を出ていった母を思い出すから。

だが、もういいのだ。本当は僕が僕自身を見限ることを、恐れていたのだ。

「……素敵な絵を描くようになったのね」

「正直に言っていいよ。まだまだだって」

「まさか。持って帰りたいくらいよ」

それこそまさかだろうということを言って、母は他のキャンバスやスケッチブックにも手を伸ばした。

「あら？　あなたの絵、全部同じモデルなのね」

「……うん。つまらない？」

「いいえ……きれいな子。あなたのミューズ？」

からかいを含んだ母の視線にたじろぐ。まさか数年ぶりに会った母親に、女性のことでからかわれるとは思ってもみなかった。

「そういうんじゃ……」

「でも、あなたはこの子ばかり描いてる。ここにあるの、全部同じモデルの絵なんでしょう？　だったらこのきれいな子は、あなたのミューズに違いないわ」

「やめてくれよ。まるで大層な画家みたいで居たたまれない」

「絵を描く人はみんな画家よ。あなたはこの子を描きたくて仕方ない。目の前にいると描きたい衝動に駆られるでしょう？　そこにいるだけで創作意欲が湧くでしょう？　この部屋がそれを物語ってる」

床も壁も天井も、この部屋は美晴のなりそこないでいっぱいだ。誤魔化しようがない。

それでも僕は言い訳をするように「そういうんじゃないんだ」と重ねて言った。

「彼女しか、描けないんだ。他の何にも心動かされない」

絶対に表に出さないよう、これまで胸の奥底に厳重にしまっていた苦悩を吐いた。

僕にとっては覚悟の吐露だったのに、母はごく軽い調子で「愛ね」と笑った。

母を見上げ、ぽかんとする。

愛？　これが？

美晴を描きたい。美晴しか描けない。こんな利己的なものが愛でいいのか。これが愛で、合っているのか。

僕の中の美晴は、いつも別のどこかを見ていた。友人と顔を寄せ合っていたり、足元に目をやっていたり、空を仰ぎ目を細めていたり。遠目で盗み見た彼女を描いてばかりいたからだろう。

そんな僕の中の美晴が、ゆっくりと顔を上げ、こちらを振り返る。

そして、僕を見て――笑った。

「蓮。心に逆らっては芸術は生まれないわ。赴くままに描くことよ」

「簡単に言ってくれるね」

「簡単よ。自分を偽らなければいいの。そしてもっと自分を愛しなさい」

母の真っすぐな眼差しに、いつしか頷いていた。

僕は僕自身から目をそらし、騙し、逃げていたのかもしれない。

そうなったきっかけは母だったのかもしれないが、それは違うと教えてくれたのもまた、母だった。

好きだから、消えてほしくない。好きだから、描きたい。それでいいのか。

「それにしても、本当にきれいな子ね。でも、どこかで見たことがあるような……」

母の目が窓へと向けられる。古いスクリーンの中に答えを探すように、その瞳は揺れていた。やがて、ふと思いついたかのように視線を僕に戻す。

「もしかして、お向かいの、幼なじみの子？」

「母さん、彼女を覚えて……？」

「ええ。名前は忘れてしまったけど、確か……三つくらい年下の子だったかしら」

ああ、違う。それは彼女の妹である深雪だ。母の中のおぼろげな記憶さえも書きかえられてしまっていた。

期待した分だけ落とされたように感じがっかりしたが、そのあとの母の言葉は、いつかも覚えた違和感を想起させ胸をざわつかせた。

「泣き虫で、甘えん坊さんだったわよね。こんな顔だったかしら？　随分雰囲気が変わったのね。あの子がこんなにきれいに成長したの……」

目を細め、しみじみといった様子で呟いた母。絵の輪郭をなぞるように、先を赤く塗られた指が動く。

母の言っている幼なじみは、美晴ではなく妹の深雪だ。だが、いま母の目に映っているのは僕が描いたままの美晴だとわかった。

そうだ。これだ。違和感の正体は。

八重津我路の『透明なる世界より』と、プロモーションとされていたSNSのアカウント。あれらをいまだに多くの人が認識できている。きっかけとなった八重津我路の弟は、完全に透明と化したのに、だ。

そして僕の絵はずっと他人の目から隠してきたが、はじめて見せた母は絵の中の美晴を認識できている。画像では親友の目にさえ映らなくなっていた彼女が、母には見えたのだ。

共通点はひとつしか思い浮かばなかった。

芸術だ。創作だ。人の手で丹精こめて創られたものは、神様でさえ手を出すことはできないのだ。

頭の中にかかっていた靄が、一気に晴れていく。

そこにあったのは澄みきった〝彼女を描きたい〟という想いだけだった。

濃厚な香りを残し母が去ると、僕は二海の土産に手を伸ばした。袋の中からクリームパンを手に取る。すっかり温もりもふくらみも失っていたが、噛んだ途端にもれ出したクリームの甘さは、泣きたくなるほど優しい味だった。

　パンを食べ終えると静かに部屋を出た。階段を下りていくと料理をする音が聞こえる。台所をのぞくと姉が野菜か何かをリズミカルに切っていた。くたびれたスリッパを履き、使いこんだエプロンを身につけ、髪を無造作にひとつにまとめた後ろ姿は、女子大生にしては随分と所帯じみて見える。

　それも当然と言えば当然で、母が出ていってから、姉が母となり主婦となり家事を一手に引き受けてくれていたのだ。多少口うるさいが、愛情に満ちた人だ。弟の僕に厳しく接しながらも、大切にしてくれた。

　ぼんやりと入り口に立っていると、振り返った姉が僕に気付き、あからさまに面白くなさそうな顔をした。

「そんなとこに突っ立ってないで、あっち座ってなさいよ」

「え……あの」

「お腹減ったんでしょ？　すぐできるから待ってなさい」

　母よりも母らしく命令する姉に、おとなしく従う。すでにクリームパンを食べたと言い出せる雰囲気ではない。それにまだ胃が栄養を求めてぎゅるぎゅると動き、痛いくらいだった。

父は配達に出かけているらしく店にもいなかった。父がいなかったから、姉は母を家に上げたのだろうか。たぶんそうだ。父がいたら、上げなかった気がする。

ほどなくしてお盆を持った姉が来て、湯気の立つお椀や皿をいくつもちゃぶ台に並べていった。まるでこの数日間僕がとらなかった食事分をすべて取っておいたかのような品数に面食らう。

「姉さん、これはさすがに……」

「食べなさいよ。ここまで心配かけたんだから」

「ごめん。その……本当に」

「完食したら許してあげる」

姉もそのまま座布団に座り、ちゃぶ台に肘をついて僕を流し見た。僕が必死に食べる様子を眺め、憂さ晴らしするつもりらしい。

仕方ない。全面的に悪いのは僕だ。死ぬ気で完食してみせよう。そう覚悟し箸を持った僕に、姉は満足そうに口の端を上げた。

姉の気が晴れるならまあいいか、と諦める。胃薬はあっただろうか、と考えていると、姉が短くため息をついた。

「言っとくけど、あの人のことを許したわけじゃないから」

僕はゆっくりと味噌汁を胃に流しこんだ。温かな汁が食道を優しく撫でて、内臓に染みわたっていく。

「母さんのこと？」

「それ以外に誰がいるの。……あの人のことを許すつもりはないけど、ただ、あの人にしかわからないことがあるのかもと思って家に上げただけ」

「うん……ありがとう」

ふてくされたような姉の顔を見つめながら、やっぱり姉弟なんだなとしみじみ思う。僕の感じていた孤独と痛みを、姉もまた感じていたのだ。

「母さん、言ってたよ。僕らのことを愛してたって。もちろんいまも愛してるって」

「ふん。よく言う」

「父さんにたまに連絡してるって、知ってた？」

「知ってる。手紙、郵便受けに入ってるのを父さんより先に見つけて、隠したことあるし」

思ってもみなかった告白に、箸を落としそうになった。

まさか姉が、そんな子どものようないたずらをしていたとは。素直になれないところは、父に似たのだろうか。

急に姉がとても可愛い人のように思えておかしかった。だがここで笑いでもしたら、ご飯のおかわりを強制させられそうなので我慢する。

「姉さん、ありがとう。姉さんの弟で良かったよ」

「何よ急に。そんなこと言って機嫌取ろうとしてもダメだからね。完食するまで許さないんだから」

怒ったようにそう言うと姉は勢いよく立ち上がり、台所へと戻っていった。

かすかに頬が赤くなっていたのは、見なかったことにした。

◆

母の来訪から二日——僕が遅い昼食をとっていると、学校帰りにまた伊達と二海が家に来てくれた。

スウェット姿にボサボサ頭のままで迎えた僕に、二海は泣きそうな顔で笑い、伊達は作ったような不満顔を見せた。

居間に招き入れ、前回見舞いに来てくれた時のことを謝った。あれから連絡のひとつも入れなかったことを重ねて詫びると、丸めたノートで伊達に頭を叩かれた。

「おら。二海がお前のために授業をまとめたノートだよ。ありがたく受け取れ」

「なんで伊達がえらそうなんだよ……二海、ありがとう」

「ううん。こんなことくらいしか思いつかなくて」

遠慮がちに笑った二海に、首を横に振る。

「ふたりには本当に助けられてる。それなのにこの間はひどい態度を取った。ごめん」

「も、もういいよ。ね、伊達?」

「いいや。俺は許す気ないね」

「伊達ってば、ほんと素直じゃないんだから……」

呆れる二海に「うるせ」とそっぽを向き、伊達はちゃぶ台にそのまま置かれていた僕の昼食を見た。父の昼食ストックである、サッポロ一番味噌ラーメンだ。卵を落とし、ワカメと缶詰のコーンを足した簡単なものだが、普段料理をしない僕にとってはかなり手のこんだ昼食だった。

「……食べてんならまあ、大丈夫だな」

「うん。二海のパンも食べたよ。ありがとう」

「いやいや。あそこのパン、おいしいよね」

とりあえずふたりに麦茶を出す。客に出せる菓子などあっただろうか。食品ストックの入った戸棚にあるのは、父のインスタント飯ばかりだった。

とりあえず探そうとすると、伊達が指先でトントンとちゃぶ台を叩いた。

「あとは、ちゃんと寝てんのかよ」

「寝てるよ」

僕の返事に、二海は安心したように笑った。

「ほんとだ。前よりクマ、薄くなってるね」

「ならいい。さっさと学校出てこいよ。引きこもり」

その言葉は伊達なりの激励だと思い、ありがたく受け取った。

ふたりを見送る時、伊達は僕を振り返り「描いてるのか」と聞いてきた。素直に「描いてるよ」と答えると、伊達はようやく笑顔を見せた。

「描くのやめるなよ。やめたらお前、死ぬぞ」

不吉なことを言った伊達を二海がたしなめ、いつものように軽く言い合いながらふたりは帰っていった。

描くのをやめたら死ぬ。

そうかもしれないなあと、向かいの家を見つめながらひとりこぼした。

◆

随分と久しぶりに太陽の下に出た気がする。

茅部家の玄関ドアを前に、僕はゆっくりと深呼吸をし、荷物を持つ手に力をこめた。

学校を休みはじめ十日が過ぎた。「そろそろマジで来ないと留年だぞバカ」と今朝伊達からメッセージをもらった。たぶん本気で怒っているので、明日からは通学を再開するつもりだ。

だがその前に、やらなければいけないことがある。

インターフォンのボタンを押すと奈津美さんの声がして、すぐに玄関ドアを開けてくれた。

「いらっしゃい蓮くん。あら、大きな荷物ね」

「こんにちは……あの、お邪魔しても？」

「もちろん。どうぞ上がって」

リビングに通され、ソファーをすすめられた。腰を下ろしながらふと窓を見ると、ガラスの向こうで豆太が蝶を追いかけていた。

奈津美さんはアイスティーを細い筒状のグラスにいれて出してくれた。模様も凹凸もない普通のグラスが懐かしかった。子どもの頃は、これで麦茶やジュースを飲んでいた記憶がある。グラスが割れた記憶もあるのだが、割ったのが僕だったか美晴だったかは思い出せなかった。僕がただ忘れているのか、記憶が透けはじめているのかは定かではない。

なぜ人は、僕は、鮮やかに明確に、記憶を留めておくことができないのだろう。

「ごめんなさいね。深雪は帰ってすぐに出かけちゃったのよ」

「あ、いえ。今日は奈津美さんに用があって来たので」

「私に？　何かしら」

「これを、奈津美さんにもらってほしくて」

僕は包みの結び目をほどき、それを出した。

「まあ、絵？　蓮くん、いまも絵を描いてるのね」

僕の肩幅ほどあるキャンバスを差し出せば、奈津美さんは笑顔で受け取ってくれた。

じっと絵を見つめたあと、わずかに首を傾げる。

「これは……うちの食卓？」

すぐ後ろにあるダイニングテーブルを振り返る。奈津美さんは絵とテーブルを交互に見てから、戸惑うような目を僕に向けた。

「でも、だとしたら変ね。うちは三人家族なのに、絵には四人描かれてる」

どういうことだと奈津美さんは説明を求めてくる。僕は何も答えなかった。

絵には奈津美さんと深雪と、彼女の父親とそして――

一番手前の目立つ場所に、美晴がいる。食卓テーブルの手前の席で、彼女は箸を手に家族と談笑している。それはどこにも欠けた部分のない、満ち足りた幸福を描いた一枚だった。

「……あら？」

また絵をじっと見つめていた奈津美さんが声を上げた。美晴によく似た奈津美さんの瞳から、次から次へと涙がこぼれ落ちていく。奈津美さんはますます戸惑うように、ティッシュを重ねて目元を押さえた。

「ごめんなさい。どうしてかしら……絵を見ていたら涙が勝手に」

おかしいわね、と奈津美さんは笑おうとして失敗したようだった。涙は止まるどころかダムが決壊したかのように勢いよく流れ出す。とうとう耐えきれなくなったように、奈津美さんは顔を手で覆い嗚咽《おえつ》しはじめた。

記憶の中よりもずっと細くなった背に手を伸ばす。ゆっくりと、慰めるように撫でた。奈津美さんは「ごめんなさい」とひたすら繰り返す。記憶の中に美晴の姿が戻ってきたわけではないようだが、欠片のような何かが奈津美さんの胸に刺さったまま残っていたのかもしれない。

気配を感じて顔を上げると、リビングの入り口に美晴が立っていた。僕らを見て呆然としたように立ち尽くしている。

透明化は彼女の膝、それから肘あたりまで進んでいるようだった。それでもまだ、僕の目にしっかりと映ったことにほっとした。少しやつれたように見える。寂しい思いをさせてしまったのかもしれない。孤独は彼女には似合わない。

もう絶対に美晴をひとりにはしない。

信じられないような顔で僕と奈津美さんを見つめる彼女に、僕は覚悟の笑顔を向けた。

「ごめんって百回言ってくれたら許してあげてもいい」という美晴のひとことで、僕はいま「ごめん」を百回繰り返している。しかも「ごめん」のひとつひとつに心をこめて言わなければいけないという条件つきなので必死だ。なんだか謝ってばかりだなあと思うが、やはり自業自得なので甘んじて仲直りの儀式を続ける。

口の中が乾いてきた頃、ようやく百回言い終わり、僕はサイクリングロードのベンチでうなだれた。一生のうち「ごめん」と口にする機会は何度あるだろう。もう一生分使ってしまったのではないか。

「……それで、許してくれる？」

「どうしようかな」

「おいおい」

僕の百の謝罪はどこにいったんだ。

弱った僕の顔を見て、美晴は笑いながら肩をすくめた。

「なんてね。本当はそんなに怒ってないの。ただ……私に呆れてもう会ってくれないかもしれないなって、怖かっただけ」

「美晴……ごめん」

ついまた謝った僕に「百一回目」と彼女は笑った。

「ありがとう、蓮くん。素敵な絵を描いてくれて」

僕が描いた茅部家の食事風景は、奈津美さんの手でリビングに飾られた。

フックを取りつけるのに、僕も少し手伝った。美晴はそれを少し離れたところから黙って見ていた。

僕の絵の中から美晴は消えない。それがわかって思いついたことだった。彼女が茅部家の一員であることを、奈津美さんには娘がふたりいることを、絵で残しておきたかった。そうすれば、あの絵を見るたび、美晴の家族の心に彼女のイスが用意される気がした。

「私、知ってた。お母さんはいまでも食事やお弁当は、私の分も作ること。奈々は学校に行く時、私の家の前で一度立ち止まること。私がふたりの中で透明になってしまっても、ふたりの身体には私と過ごした時間がしみついてるんだって」

「そうか」

「そういうふたりを見るたび、嬉しくて、寂しくて、もどかしかった……蓮くんはすごいね。蓮くんの絵の中で、私はお母さんの子でいられるんだもん。すごいよ」

慎重に言葉を選んでいるように聞こえた。

僕のせいだろう。僕がまた離れていかないか気にしている。

だから僕は、美晴が未来を覚悟したように、僕の覚悟も見せなければいけない。

「美晴。頼みたいことがあるんだ」

「蓮くんが私に頼みごと？」

「絵を描きたいんだ」

隣の美晴に向き合い、長いまつ毛を震わせる様子を、すぐそばから見つめる。彼女の髪の細さ、瞳の輝き、唇の色、肌のつや。すべてを余すことなく目に焼きつけるように。

「美晴の絵を描かせてくれないか」

僕のお願いに、彼女は嬉しそうな、恥ずかしそうな、懐かしそうな顔で頷いた。

◆

通学は再開したが、部活はしばらく休むことにした。伊達は何やら怒っていたが、八雲先生は快く承諾してくれた。

そして僕は朝、美晴と学校に行き、彼女と学校から帰り、時間の許す限り彼女を描く生活をはじめた。

僕らは焦ることをやめた。意味のないことはしなくてもいい。そうするといつの間にか僕らが過ごす時間は、満ち足りた穏やかなものになっていた。

そうして僕は夏が終わるまで、夏の彼女を描き続けた。

彼女の透明化は、肩のあたりまで進んでいた。

第五章　ずっとそこにあった

十月に入れば完全に夏の名残も消え去り、朝晩は肌寒くなってくる。あれだけ鮮やかに茂っていた木々の葉も、秋の装いにその色を変えていた。

美晴はサイクリングロードを挟んで反対側にあるベンチに座り、時々落ちてくる葉を眺めたり、携帯マグに入った紅茶を飲んだりしている。

白いシャツワンピースに、赤地のチェック柄のストールを肩にかけた姿は、黄金色の銀杏の絨毯の中に映えてきれいだった。

僕は彼女の向かいのベンチでひたすら筆を動かしていた。

いまこの一瞬を描きたい。もっと早く、刻一刻と色を変える光の中で微笑む美晴を描ききりたい。マグから立ち上る白い湯気に、頬を緩める様子まで鮮明に。

僕らの間に会話はあまりなかった。いまさら話すことなどないと思った。

僕が絵を描くばかりでは美晴もつまらないだろうと思い、他にもっとやりたいことはないかと聞いてみたこともある。どこかに行って、何かしたくはないか、と。

けれど彼女は「蓮くんとデートするのは叶ったから、特にないよ」と答えた。あとはただ、一緒にいられればいい、と。

僕らはいま、幸せな無言の時間を毎日過ごしている。

美晴の背後の土手の上を、奈津美さんが歩いてくる。隣には彼女の妹、深雪もいる。買い物帰りなのか、ふたりとも重そうなエコバッグを手にしていた。

僕に気付き、奈津美さんが手を振ってくれたので、小さく頭を下げた。美晴も家族に気付き、穏やかな目を向けている。

僕の絵はまだ茅部家のリビングに飾られているらしい。奈津美さんだけでなく、深雪や彼女の父親も、時折絵を眺めているそうだ。もうあまり寂しさは感じなくなったと、美晴は笑った。

時々僕の父が配達にトラックを走らせるのを見たり、そろそろ家に帰れと姉に言われたりしながら過ごす時間に、まるで小学生の頃、僕と美晴がただの幼なじみだった時代へと戻ったように感じた。時間の流れが緩やかで、濃密で、きらめいていたあの頃に。

一瞬で過ぎ去ってしまう札幌の秋の中で、彼女をたくさん描いた。

彼女の透明化は、胸のあたりまできていた。

◆

筆を止め、厚い雲に覆われた空を見上げる。雲の欠片のような雪がちらちらと降ってきていた。

札幌で今年初の積雪があったのは一昨日のこと。そろそろ外で絵を描くのも厳しくなってきた。手袋があると感覚が鈍るので、指先に穴の空いたものをつけているのだが、それももう限界がきている。真っ赤になった指先が痺《しび》れるように痛んだ。

美晴も僕と同じように、空を見上げていた。ベンチには座らず、カイロを揉みながら舞い落ちる雪を目で追っている。白いダッフルコートを着てもこもこした耳当てをしている姿が、すらりとした雪だるまのように見えた。

ふと、彼女が空から車道へと視線を移した。僕もそちらを見ると、学校の方向から歩いてくる男子学生の姿がふたつ並んでいた。

「桧山てめぇ。自由登校はまだ先だぞ」

伊達は土手を下りてくると、わりと本気で僕の首をロックしてきた。

追ってきた二海が慌てて間に入ってくれる。

「桧山ってば、こんなに堂々とサボるなんてさすがだね」

嫌味はまったくない二海の言葉に苦笑する。

「別に堂々としてるわけじゃないんだけど。二海も伊達もどうしたんだ」

「どうしたじゃねぇよ。電話もメッセージもスルーしやがるからわざわざ来てやったんじゃねぇか」

「え。ごめん。スマホ家だ」

謝った途端背中を蹴られた。相変わらず容赦がない。

「携帯電話は携帯しないと意味ねーんだよ！」

「まあまあ。そんなことより、伊達は桧山に聞きたいことがあるんでしょ」

「聞きたいこと？　僕に？」

伊達はしばらくムスッとした顔で黙っていたが、やがて大げさなほど深いため息をついた。

「お前、進路どうすんだよ。美大行くんじゃなかったのか」

「AOの話蹴って、受験もしないって聞いたんだけど、本当？」

「ああ……」

僕はふたりの視線を受け止め、ゆっくりと頷いた。

「うん。本当」

「専門も行かないつもりか。まじで何考えてんだよ、お前」

「今年は受験しないけど、来年以降はわからない。とりあえず卒業したら家の仕事を手伝いながら、先のことを考えようと思ってる」

「来年受験すんなら、今年すればいいだろ。後回しにする意味がわかんねぇぞ」

口調はアレだが、伊達が僕を心配していることは伝わってくるので迷う。誤魔化したり、はぐらかしたりしたくない。ふたりには誠実でありたかった。

美晴の方をうかがうと、ベンチに座りこちらを見ていた。声も聞こえているだろう。

彼女にも話すつもりで、いつもより声を張った。

「いましかできないことをしたいんだ」

「……それって、絵を描くことなんだ？」

二海が描きかけの絵をちらりと見る。

描いている時の姿を、描きかけのものを見られることに、驚くほど抵抗がなくなっていた。

人目を気にして外で描くことを、以前はあれだけ避けていたのに。

「そう。いましか描けない。正直、受験対策をしたり、試験を受けたりする時間が惜しいんだ。それなら僕は、一枚でも多く描きたい」

それが僕の本音だった。自分のせいで僕が進路をないがしろにしていると、美晴に思われたくなかった。あくまでも、僕が心から求めた結果なのだと伝えたかった。

伊達と二海は目を合わせると、それぞれ違う反応を見せた。伊達は舌打ちをし、二海は朗らかに笑った。

「良かった。自棄になったとか、そういうんじゃなさそうで」

「……ありがとう。二海は進学だったよな」

「うん。ちょっと危ないんだけどね」

「二海なら大丈夫だ。きっと受かる」

「おい。俺だって心配してんだろ」

「伊達のことは……いつか刺されたりしないよう祈ってるよ」

「てめぇ」

僕と二海が笑うのを見て、伊達はフンと鼻を鳴らした。

「女に刺されんなら本望だね」

いずれ本当にそんなニュースが流れそうで、実は密かに本気で心配しているのだが、本人はこんな調子なので改善は期待できない。まあ刺されたとしても「俺が魅力的だからしょうがない」などと笑っていそうだが。

予備校があるからとふたりが帰っていくと、また静けさが戻ってくる。

そういえば伊達の進路は聞いていなかった。予備校に行っているのだから進学なのだろう。美術系には進まないのだろうか。あいつの考えていることは、結局三年付き合ってもよくわからない。

パレットを持ち直し、美晴のいる方に向き直る。寒くなってきた。もう少ししたら今日は終わりにしよう。

そう声をかけようとしてベンチを見ると、そこは無人だった。

彼女の姿がない。右を見ても左を見ても、彼女がいない。

寒くて家に入ったのだろうか。伊達たちと話しこみすぎたか。気を利かせて席を外してくれたのかもしれない。それとも僕の進路についての話で嫌な思いをしたのだろうか。

「……まさか」

一瞬浮かんだ可能性を、即座に払い落した。

そんなはずはない。透明化が進んでいたとはいえ、ついさっきまではしっかりと視認できていたのだ。美晴の記憶だって欠けることなく僕の中にある。

だから、それはない。あるはずが、ない。

呼吸が浅く短くなっていく。震えはじめた手から、筆とパレットがこぼれ落ちていった。

道具をそのままに、彼女がいたベンチに駆け寄る。手で触れても温もりが残っているようには感じなかった。

空のベンチをまたぎ、土手を駆け上がる。きっと家だ。

家にいるに違いない。そうに決まっている。

行くな。まだ行くな。僕はまだ、君を描ききれていない。

茅部の門を抜け、玄関に立つ。インターフォンを押すべきか一瞬迷った直後、目の前のドアが開かれた。

「あれ？　蓮くん？」

お友だちは帰ったの？　と首を傾げた美晴を見て、僕はスコンと膝から力が抜け、その場に崩れ落ちた。

「わ！　どうしたの蓮くん！」

慌てる彼女に何度か首を横に振る。僕は膝をついたまま、カーテンのような長いスカートをまとめるように、彼女の腰に抱きついた。

「美晴は……何してたんだ」

「わ、私は、寒くなってきたから、蓮くんあったかいもの飲むかなと思って、紅茶をいれてきたんだけど……」

美晴の手の中のマグが、トプンと音を立てる。詰めていた息を吐き出すと、白い湯気となり空気に溶けて消えていった。

僕はこの時はじめて、本当に彼女が消える時のことを考えた。

いつその時が訪れるのかは、僕にも美晴にもわからない。夜眠っている時や、昼間学校で授業を受けている間に、彼女が完全に透明化してしまう可能性だってある。そのことをすっかり失念していた。

美晴が消えたら、僕の中の彼女も消えるのだろうか。そして美晴が消えたこともわからず、彼女のいない日々を送ることになるのだろうか。

こんなにも、彼女は僕の心の大部分を占めているというのに。

「蓮くん。大丈夫だよ」

震える僕に、きっと美晴は気付いただろう。新雪のような柔らかさと白さでできた声が降りてくる。

「私は、ここにいるよ」

「ごめん」

「もう。しょうがないな、蓮くんは……」

「ごめん……」

僕の背に添えられた手は、震えていた。同じだった。

僕らの想いはまったく同じだ。

恐ろしい。いずれ来る別れが、恐ろしくてたまらない。

それでもいまこの時を幸せに過ごすために、恐怖に蓋をして笑い合ってきた。

それなのに――

「消えたくないなぁ……っ」

マグが落ちる。紅茶がこぼれ、白い湯気を立てながら地面に吸いこまれていく。

美晴が覆いかぶさるように抱きついてくる。

僕の情けなさを凝縮した雫は、彼女のカーテンに吸いこまれていった。

◆

くるくると、アスファルトの上で風に乗って躍る花びらを目で追う。

また、ソメイヨシノが咲き誇る季節がきた。

春めいてきた日差しを浴びながら、僕は今日も絵を描いている。卒業して自由な時間が増えると、僕はより一層絵を描くことに没頭した。

受験も就職もしなかった僕の肩書きは何もない。強いてあげるならニート。多少聞こえを良くするなら浪人生。どちらにしても、大学に行きながら店を手伝い、かつ就職活動までしている姉にしてみればただのごく潰しだ。早朝や夜に手伝ってはいるものの、肩身は狭い。

それでも父は「好きなことをやれ」と言ってくれるし、姉ももう諦めているのか「引きこもりよりはマシか」と、いそいそ外に絵を描きに行く僕を見送ってくれる。

家族の愛に甘えながら、僕は全力でいまを生きていた。

「今日は少し、風が強いな」

さわさわと桜が囁き合っている。ソメイヨシノの下のベンチからは返事がない。

だが、美晴はそこにいた。繊細なレースのカーテンのように、身体のほとんどが薄くなっているが、彼女は確かに僕の目の前に座っている。

僕は卒業し、彼女は三年に進級した。だが、一度も学校へは行っていないようだ。

僕がいなければ美晴は本当に学校でひとりきりだし、彼女の席どころかクラスさえもないかもしれない。それは僕にも想像がついたので、何も言わなかった。

僕が進路を保留にしたように、美晴も通学を諦めた。それよりも、僕と同じようにふたりでいたいと彼女も思ってくれたのなら嬉しい。

こうして無事、春の彼女も描けた。もしかしたら秋で終わりかもしれないと思ったこの時間も、年を越し、新年度を迎え、桜の季節を彼女と過ごせた。

いつ消えてもおかしくない。けれどそんなことを考えていては、美晴も僕もつらいだけだ。だからせめて、ふたりでいる間くらいは終わりについて考えることをやめた。

夏の彼女、秋の彼女、冬の彼女、春の彼女を描いた。描くことができた。次はそう、どこか景色の良い場所に行こう。そこで美晴をまた描く。旅行をしながら色々な場所で彼女を描くのもいい。まだまだ、僕は彼女を描いていたい。

「ねぇ美晴、今度どこか――」

風が吹く。キャンバスから彼女に視線を移し、息を呑んだ。

はらはらと舞う白い花びらの中に、一瞬美晴が紛れて見えなくなった。

目を閉じ、開ける。

瞬きをするたび、彼女が現れては消える。まるで信号機が点滅するように、これ以上は行けないと、訴えるかのように。

とうとう、この時が来たのか。口を引き結び、筆を置いて立ち上がる。

あの冬の日、みっともなく美晴に縋ったあの時から、僕は決めていた。その時が来たら、決してうろたえることなく、彼女を真っすぐに見つめるのだと。

子どもの頃は僕らの遊び場で、大きくなってからは逢瀬の場になったサイクリングロードを横切り、美晴のもとへと向かう。

歩いていく僕を、彼女は黙って微笑みながら見ていた。痛みや悲しみはすべて忘れてしまったような、澄みきった笑顔だ。

「ねぇ蓮くん。私ね、実は気付いてたの」

声が、まるで薄いベールに包まれたかのように遠い。僕は彼女の声を聞き逃さないよう、耳を傾ける。鼓膜にこの声が焼きつけばいいのにと願いながら。

「気付いてたって、何に？」

「私のことが見えなくなる順番について」

僕がドキリとするようなことを言うと、美晴は少し照れくさそうに髪を耳にかけた。

「蓮くんも、本当は気付いてたでしょ」

「いや。気付いてないよ」

「……うそつき」

「うそじゃないって」

「耳、触ってるよ」

以前も指摘されたことを思い出し、ハッと手を下ろす。彼女にうそはつけないことを忘れていた。

僕の慌てぶりに、美晴はいたずらが成功した子どものように笑う。笑い声がどんどん薄らいでいく。それを彼女も感じたのか、ふと短く息を吐いて立ち上がった。

「私の中の順番と同じだったんだよね」

耳から離れた手を、美晴に差し出す姿勢で固まった。彼女の答えが、僕の思っていた答えと違ったからだ。

だが美晴はそれに気付かない様子で、僕の手を取った。取ったはずだ。だが、感じるはずの温もりは、声と同じように遠のいていく。

彼女を構成するありとあらゆるものすべてが、ゆっくりと透けていくのがわかる。

「ずっと……ずっと蓮くんが一番だから。だからお願い――」


――忘れないで。


震えるまつげを濡らし、涙がこぼれ落ちた瞬間、僕は彼女を抱きしめていた。

はじめて聞く彼女の別れのような言葉に、どうしようもなくうろたえていた。いつか来るとわかっていたはずなのに、心の準備などまったくできていなかった。できるわけがなかったのだ。

「美晴」

こんなに強くかき抱いているのに、悲しいほどに手ごたえがない。ポプリの香りさえ消えかけていた。美晴の向こうにベンチと土手の緑と、舞い降りる白い花びらが見える。

「美晴」

呼びかける。存在を確かめるように、その名前の輪郭をなぞるように。

彼女は僕を見上げ、涙をそのままにそっと微笑んだ。この笑顔を覚えていて、と言うように。

彼女が選んだ表情を見逃すわけにはいかず、僕は泣くこともできない。代わりに必死に目の前の彼女を網膜に焼きつける。

片時も忘れることがないように。

永遠に彼女を描くために。

「美晴」

彼女の頬に手を伸ばす。少し丸みがあり、たぶん柔らかな頬。だが触れているはずなのに、手のひらにはもうその感触は訪れなかった。とうとう香りも消え失せ、残り香さえもない。

本当に、これが最後。

そうすることを決めていたわけではない。だが、僕は自然と美晴へと顔を近づけていた。

そうするのを当たり前のように感じていた。

だが、もう少しで唇が触れ合うという時、彼女が幸せそうにその目を閉じた直後、感触どころかすべてがふわりと消えていた。

宝石をこれ以上ないほど細かく砕いたような粒子が、彼女のいた場所にキラキラと漂い、やがて空気に溶けるように消えていった。

「美晴……？」

いつか、映画を観たあとの彼女の言葉を思い出した。

『プラトニックのままの方が引きずる？　それともそういうことしちゃった方が忘れられなかったりする？』

僕はなんと答えたのだったか。

思い出せないが、彼女に逃げられた唇が、きっとその答えだったのだろう。

「……違うよ、美晴。違うんだ」

懺悔《ざんげ》にも似た告白が、嗚咽のように口からもれる。

「君の中の僕じゃない。僕の中の君が、一番大きかったからなんだ……！」

誰よりも僕が、彼女を想っていた。ただそれだけの話なのだ。

泣きたいのか、笑いたいのか。どうしたらいいのかわからず立ち尽くす僕の手の中に、白く可憐な花びらが一枚、残っていた。

終章　神様には渡さない

靴箱から来客用のスリッパを取り出す。緑色のひんやりとしたそれに足を入れた時、時の流れを感じた。僕らはもう部外者なのだなと。

校舎には生徒玄関からではなく、職員用通用口から入る。そこで名前を書き、身分証を警備員に見せOBであることを伝え、ようやく中に入ることができる。

たった一年で、毎日通った学び舎は遠い異国の地になった。

「じゃあ俺は、オカ研の部室行ってくるね」

そう言うなり、二海は随分と重そうなリュックを背負い直し、階段を駆け上がっていった。高校生に戻ったかのように丸っこい瞳が輝いていておかしかった。

「俺らも行くか」

伊達にうながされ歩き出す。

廊下を歩くとふたり分のスリッパの音が、いやに大きく聞こえる。時折響いてくる運動部のかけ声は遠く、校舎の中に生徒の姿はほとんど見当たらない。

土曜の午後の校舎内は、こんなものだっただろうか。美術部の活動で休日登校することもあったはずだが、記憶の箱をひっくり返しても答えは見つからなかった。

「八雲、まじでいんの？」

伊達の問いに、僕は「たぶん」と頷く。

「いるはず。先週電話したら、今日の部活は午前のみで午後は先生だけがいるって言ってた」

「俺、卒業以来だわ。何しに来たんだって思われそう」

「そんなことはないんじゃないか。前に会った時、伊達のこと聞かれたし。今日も楽しみにしてるって言ってたよ」

「どうだかな。お前は八雲としょっちゅう会ってんの？」

「いや？　卒業してからは二回だけ。絵を貸した時と、受賞の連絡をもらったあとかな」

廊下を進み、教科棟へ入る。

漂う空気は懐かしいのに、どこかよそよそしい。三年間も通った場所だが、いまは少し緊張する。隣の伊達はいつもと変わらない様子なので、そう感じるのは僕だけなのかもしれない。

美術室の扉は開いていた。八雲先生は準備室にいるようで、ここは無人だった。

数時間前まで部員たちがいたであろう空間には、慣れ親しんだ油の匂いが残っている。伊達が「この匂い、懐かしいな」と軽く鼻をつまんだ。

「おお……目立つとこに飾られてんじゃん」

教室の後ろの壁を見上げ、伊達が感心するような、それでいてからかうような声を上げた。くすぐったい気持ちになりながら、僕はその絵の前に立つ。

少し薄暗くひんやりとした空気の流れる教室の中に、彼女はいた。

額縁に収められ、透明なアクリル板の向こうからこちらに微笑んでいる。桜の花びらと一緒に風に吹かれ躍る黒髪から、ポプリの香りが届きそうだった。

「……いい絵だなぁ」

ぽつりと伊達のこぼした呟きが意外で、僕はこっそり隣を盗み見る。

ひねくれ者の伊達が素直に褒めることは珍しい。伊達は眩しそうに彼女の絵を見上げていた。

「この絵を見て俺、絵はやめようって思ったんだよな」

伊達は市内の芸術系の専門学校に進学した。他にやりたいことがないとの理由で、親の反対を押しきり受験した学校だったが、半年ほどでまた親に反対されながら退学している。相当家族と揉めたらしいが、その原因がこの絵だったと言われどう反応していいのかわからない。

この不真面目を体現したような友人が、それほど絵に真剣だったとは思わない。片手間にやって賞をかっさらうくらいの才能はあったが、やる気は同等ではなかったはずだ。

かける言葉を探していると、準備室に繋がる扉が開かれ八雲先生が顔を出した。

「ああ、来てたんだ。いらっしゃい」

一年経っても、芸術家というより青年実業家といった雰囲気は変わっていない。温和な笑顔を浮かべながら、僕と伊達の間に立った。

「先生久しぶり。変わってないっすね」

「そう？　伊達くんは……少し派手になった？　いまアパレルの仕事をしているんだっけ」

伊達は脱色した髪をかき上げ「ただのショップ店員っすよ」とぶっきらぼうに答える。

専門学校を退学する前から、伊達は大通りの駅ビルに入ったアパレルショップでアルバイトをしていた。いまはそこで正社員として働いているらしい。

「いずれ自分の店を持ちたいとは思ってますけど」

「いいね。伊達くんは人をよく見てるし、向いてると思う」

「僕もそう思う」

八雲先生に賛同すると、なぜか伊達が睨んでくる。

「だったらてめぇ、うちの店に買いに来いよ。見立ててやっから」

「いや……伊達の店っておしゃれすぎるというか。正直入りにくいからちょっと」

本当に正直に言った僕に、伊達は軽く尻を蹴ってきた。足癖の悪さも変わらない。客にはやらないだろうが、僕が客として行けば遠慮なくやられるだろう。

でもいつか伊達が自分の店を持ったら、どんなに敷居が高く感じたとしても服を買いに行こうと思っている。

僕らのそんなやり取りに、八雲先生は「相変わらず仲が良いね」と笑った。

「ところで、桧山くんは留学するんだったね」

「いえ、そんなちゃんとしたものじゃないです。母がいまフランスにいて、現地で活躍しているアーティストを紹介してくれたんです。それでフランスに来ないかと誘われて」

「その人に師事するんだね？」

「……そういうことになるんですかね？」

質問に質問で返した僕を、不真面目な癖に口うるさい男が軽く睨んできた。

「おい。自分のことだろ。はっきりしろよ」

「フランス語、まだ勉強中でさ。相手と直接やり取りできなくて間に母さんを挟んでるんだけど、マイペースな人だから……」

僕の言い訳に伊達は「つまり似たもの親子なんだな」と呆れたようにため息をつく。苦笑しながら「そうかもしれない」と言うと、反省しろと怒られた。

「でも、いいんじゃないかな。大学で学ぶより、桧山くんには合ってる気がする」

八雲先生はそう言うと、壁に飾られた彼女の絵を見上げた。

「じゃあ、この絵はフランスに持っていくのかな？」

僕にとっても大事な絵であることは、先生も知っている。

だが僕も彼女の絵を見上げながらはっきりと首を横に振った。

「いいえ。この絵は、良ければここに置いておいてもらえませんか」

「いいの？　てっきり今日は、これを持って帰るために来たんだと思ってたけど」

「向こうで住む予定の部屋は狭いので、絵は持っていけないんです。今日は日本を立つ報告と、絵を預かってくださいとお願いするために来ました」

この絵は、彼女が完全に透明になる前に描いた、最後の一枚だ。

八雲先生に後輩たちのために貸してくれないかと言われ、かなり渋った末に貸し出したら、いつの間にかコンクールに出展され、金賞をもらっていた。

その後伊達と二海の手により、僕の他の絵がＳＮＳに上げられてあっという間に拡散され、個展や画集の打診がいくつも舞いこんできた。

そのすべてが僕の知らないところで進んでいて、絵を描くだけの僕にしてみればすべて現実味のないことだった。伊達たちには不在の間も宣伝活動は任せろと言われたが、不安の方が強い。

「そうか……近いうちにこの絵の警備を強化しなくちゃいけなくなりそうだね」

「先生……やめてください」

「からかってるんじゃないんだけどね。いいよ。責任を持って預からせてもらいます」

鷹揚に頷いた先生に、僕はしっかりと深く頭を下げた。


美術室を出て、二海を迎えに廊下を行く。

先を歩く伊達は途中、後ろを振り返り「そういえば……」と僕を見た。

「お前、あの美少女の絵以外は描かないの？」

「ああ……それ、よく聞かれるなあ」

本当にこの一年で何度同じことを聞かれただろう。僕は聞かれるたび、どうしてそんなことを聞くのかとおかしく思っていた。

「だろうな。ネットでも色々書かれてるぞ。桧山蓮の恋人だとか、初恋の相手だとか、幼なじみだとか、実在しない架空の彼女だとか。まあ、俺好きだけどね。お前のあのシリーズ」

推察されるのは気にならない。

それよりも大勢の目に彼女が映り、彼女の名前が知れ渡っていることに感慨深い気持ちになる。

「彼女以外を描くのは、なんていうか……浮気みたいになるんじゃないかなって」

どうして私を描かないの、と彼女が怒るような気がしている。だから、描かない。そもそも彼女以外を描けないのが僕の仕様なのだ。

「浮気って、絵にかよ?」

怪訝そうな伊達に苦笑する。頭大丈夫かこいつ、と友人の顔に書いてあった。

廊下の窓から、白い雪が降るのが見えた。

いや、雪によく似た白いそれは、春の代名詞。校庭の桜が風に吹かれ、優しい白い花を散らしている。

彼女が僕の目に映らなくなって、最初の春が来た。

あれから一年、僕は今日も彼女を描いている。明日も明後日も、さらに一年後も、そして十年後も、変わらず彼女を描いているだろう。

いつか僕の記憶の中の彼女すら透明になってしまっても、やっぱり僕は彼女を描くはずだ。

なぜなら僕は、彼女しか描けないのだから。

僕が描き続ける限り、彼女は僕だけのものだ。僕は彼女を描くためだけにいる。

神様には渡さない。

「これは僕の、一生をかけた愛の告白なんだ」

◆

薄暗い部屋の壁を小さく切り取ったような出窓から、向かいの家をひとり眺める。

「れーん」

出窓に置いていたポプリの入った小さなガラス瓶を手に、振り返る。

この一年で、随分と部屋がきれいになった。

彼女の絵は次々と増えていくのに、床にものが散在することはなくなり、キャンバスやスケッチブックは部屋の隅の置き場にきちんと並べてある。

さすがにスペースが足りず、物置きになっていた部屋をひとつ、作品置き場にさせてもらった。

姉はもう、僕が絵を描くことに文句は言わなくなった。部屋の片付けと作品の移動を手伝うくらいには、僕を応援してくれている。

「れーん！　飛行機の時間に遅れるよ！」

「いま行くよ」

リュックを背負い、廊下に出る。

「行ってきます」と誰にともなく呟き、多くの時間を過ごした自分の部屋のドアを閉めた。

スニーカーの紐をきつく締め直し、外に出る。

夏の訪れを感じさせる風が、サイクリングロードの緑を揺らしていった。

散りそこなった桜の花びらが、葉の間に残っている。それを見上げていた僕に、見送りに出てきた姉が言った。

「蓮。帰ってくるよね……？」

思ってもみない姉の問いに振り返る。姉の後ろにはいつもと変わらない父の厳《いか》めしい顔もあった。

「何言ってるんだよ。当たり前だろ」

「本当に？」

僕の旅立ちを寂しく思ってくれているのだろうか。

普段厳しい姉が、珍しく不安そうに瞳を揺らしていた。

僕は安心させようと「もちろん」と笑う。

「ここは僕の……僕らの、大切な場所だからね」

もう一度、彼女とたくさんの時を過ごしたサイクリングロードを振り返る。

優しいポプリの香りが鼻をかすめた気がした。

なあ、聞こえているか。

君はまだ、そこにいるか。

「行こうか――……」

恋文やしろのお猫様
～神社カフェ桜見席のあやかしさん～
織部《おりべ》ソマリ
女子《きまじめ》×妖《気ままな》
一歩ずつ近づく不器用なふたりの
異類恋愛譚

妹尾写真館

水瀬さら
Minase Sara

妹尾写真館
～帰らぬ人との最後の一枚、お撮りします～

第2回
ほっこり・じんわり大賞
〈涙じんわり賞〉
受賞作!!

ここは亡くなった人と出会える不思議な写真館

写真館を経営する祖父が亡くなり、地元へ戻ってきた妹尾《せのお》つむぎ。彼女は、祖父に代わり店を切り盛りしている青年・天海咲耶《あまみさくや》から、とある秘密を知らされる。それは、この写真館では、わずか10分だけだが、もうこの世にはいない大切な人と会え、そして一緒に記念撮影ができるということ。そんな夢みたいな話が事実だと知ったつむぎは、天海とともに、訪れる人々のこの奇跡の再会を手伝うようになる——

水瀬さら
妹尾写真館
奇跡の
再会が、
悲しみも
後悔も優しく
包み込む

◎定価：704円（10%税込）　◎ISBN 978-4-434-27883-9　◎illustration：pon-marsh

君の小説が読みたい

玄武聡一郎

アルファポリス
ミステリー小説大賞
受賞作家、
渾身の新作！

『だって君は、6日後に死ぬんだから』

唐突な死の宣告。その謎を解く鍵はすべて彼女が握っていた

君は一週間後に死ぬ——ある日、突然現れた茉莉花と名乗る女性は、僕にそう告げた。彼女は、僕の「死」をトリガーに、何百回とタイムリープを繰り返しているらしい。そこから逃れるには僕を救うしかない、と。その日を境に、犯人を捜すと言ってきかない彼女に振り回される騒がしい毎日が始まった。二人の容疑者。迫る、死の刻。そして、迎えた6日後——物語のラストには、僕の死と彼女の正体に関わる思いがけない秘密が待っていた——

◎定価：704円（10%税込）　◎ISBN：978-4-434-27425-1　◎Illustration：和遥キナ

この作品に対する皆様のご意見・ご感想をお待ちしております。

おハガキ・お手紙は以下の宛先にお送りください。

【宛先】

〒150-6008 東京都渋谷区恵比寿 4-20-3 恵比寿ｶﾞｰﾃﾞﾝﾌﾟﾚｲｽﾀﾜｰ 8F
（株）アルファポリス　書籍感想係

メールフォームでのご意見・ご感想は右のＱＲコードから、
あるいは以下のワードで検索をかけてください。

アルファポリス　書籍の感想　検索

ご感想はこちらから

アルファポリス文庫

この世界《せかい》で僕《ぼく》だけが透明《とうめい》の色《いろ》を知《し》っている

糸鳥 四季乃（いとう しきの）

2021年 4月30日初版発行

編集－今井太一・宮本剛・芦田尚
編集長－太田鉄平
発行者－梶本雄介
発行所－株式会社アルファポリス
〒150-6008東京都渋谷区恵比寿4-20-3恵比寿ｶﾞｰﾃﾞﾝﾌﾟﾚｲｽﾀﾜｰ8F
TEL 03-6277-1601（営業） 03-6277-1602（編集）
URL https://www.alphapolis.co.jp/
発売元－株式会社星雲社（共同出版社・流通責任出版社）
〒112-0005東京都文京区水道1-3-30
TEL 03-3868-3275
装丁イラスト－さけハラス
装丁デザイン－AFTERGLOW
印刷－株式会社暁印刷

価格はカバーに表示されてあります。

落丁乱丁の場合はアルファポリスまでご連絡ください。

送料は小社負担でお取り替えします。


ISBN978-4-434-28789-3 C0193